KB069885

우리가

다리를

건널

때

우리가 다리를 건널 때

문지혁 소설

차례

다이버

다이버

한국과학소설작가연대 포트폴리오 카드 프로젝트(2018) 수록작

1

그는 한 번도 자신이 다이버가 될 거라고 상상하지 않았다. 어렸을 때부터 물은 그에게 공포 그 자체였다. 가톨릭계 유치원에 다녔던 그는 수영장에 가는 날마다 물에 들어가지 않겠다고 떼를 써서 인솔 수녀님을 고단하게 만들곤 했다. 피곤한 표정의 수녀님 옆에서 튜브를 낀 채 울고 있는 옛날 사진을 보여주었을 때 딸은 깔깔대며 웃었다. 그는 물이 싫었고 거기에는 어떤 이유도 없었다. 따라서 그가 다이버가 되었다는 사실은 아마도 그를 아는 사람이라면 깜짝 놀랄 만한 소식이었다. 하지만 그 사건 이후로 그를 진정으로 아는 사람은 모두 사라졌기 때문에 다이버가 되었다는 소식에 크게 놀랄 사람은 없었다.

2

통합세기 219년의 일이었다. 모든 행정이 미쳐 돌아가고 있었지만 행정이란 원래 미쳐 돌아가는 것이라는 점을 감안할 때 지극히 정상적으로 작동하고 있다고 볼 수도 있었다. 어쨌든 아쿠아플래닛이라는 별칭으로 불리는 인공행성의 제4대양 상공에서 여객기 하나가 추락했다. 날씨가 너무 좋아서 평소보다 고도를 낮게 잡은 것이 문제였다. 물론 그것만이 원인은 아니었다. 저녁에 아내가 아닌 다른 여자와 데이트 약속을 잡은 기장은 기분이 몹시 좋았고, 전날 잠을 설쳐 몸은 피곤한 상태였다. 그가 화창한 날씨와 푸른 바다의 아름다움에 대해 열변을 토하고 있을 때 부기장은 고도에 약간의 문제가 있다는 것을 눈치챘지만, 같은 비행학교 선배인 기장에게 조종을 똑바로 하라고 제때 말하지는 못했다. 나중에 블랙박스 분석을 통해 밝혀진 사실은 그들이 규정대로 공용어를 사용하지 않았으며, 대신 위계가 강조되는 고맥락의 지구 언어를 사용했다는 것이었다.

기장과 부기장, 4명의 승무원을 제외하고 탑승객은 21명이었다. 가족 단위 여행객이 대부분이었는데 드물게 혼자 탄 사람들도 있었다. 그들의 최후에 대해서는 정보가 많이 남아 있지 않다. 몇몇의 소지품이 발견되었지만 거기엔 추락 직전의 사진이나 영상만 기록되어 있었다. 역설적으로 추락과 침몰이 얼마나 빠르게 진행되었는지를 보여주는 부분이기도 했다. 결국 이 사건은 27명 전원 사망이라는 인공행성 관광 역사상 최악의 참사로 기록되었다. 그러나 기장의 저녁 스케줄이나 고급 레스토랑에서 두 시간 동안 앉아 있던 그의 애인, 부기장의 붉어진 이마, 애매하고 우회적인 그들 사이의 언어("기장님, 오늘따라 바다가 가깝게 느껴지지 않으십니까?"), 탑승객들이 추락 직전에 창밖으로 보았던 푸른 바다의 빛깔 같은 것은 잘 알려지지 않았다.

3

그는 사고 소식을 추락 여섯 시간 후에야 전해 들었다. 해양경비국이 뒤늦게 추락 사실을 인지하고 여행사에 연락을 취했지만, 이 여행사가 자신의 상품 중 제4대양에 관한 패키지는 다른 소규모 여행사에 별도로 위탁하여 관리하고 있었기 때문에 실제 탑승객의 정보를 얻는 데까지 시간이 좀 걸렸다. 게다가 소규모 여행사의 담당자는 휴가 중이었고(또 다른 여행사에서 위탁받아 관리하는 소행성지대 패키지가 정원 미달로 출발이 불투명해지자 이를 반값에 사서 부모님을 모시고 효도 여행을 떠났다), 담당자 대신 담당하게 된 사람은 사고 전날 급하게 대타로 들어온 단기 인턴이었다. 인턴은 유사시 여행자 가족에게 일괄적으로 메시지를 보낼 수 있는 시스템이 갖춰진 것을 모르고 명단과 인적 사항을 확인해가며 일일이 행성 간 전화로 연락을 돌렸다. 이제 막 이십 대에 들어선 그는 이런 연락을 하는 일이 처음이었기 때문에 몹시 긴장한 목소리로 똑같은 말을 반복했다. 저, 너무 죄송한데요, 사고가 있었습니다…….

다른 가족들처럼 그도 인턴의 연락을 받고 인공행성으로 향했다. 다니던 보험회사에는 무기한 휴가를 냈다. 정가의 두 배나 주고 급하게 표를 구한 우주선에서 그는 어젯밤에 받은 딸아이의 영상메시지를 반복해서 봤다. 영상 말미에 딸은 집에 돌아가면 그가 자주 만들어주던 알리오 올리오 파스타를 해달라고 졸랐다. 아내는 밀가루를 너무 많이 먹으면 안 된다고 옆에서 가볍게 힐난했다. 샤워를 해도 금세 겨드랑이에 땀이 차는 계절이었다. 더위 때문인지 비행 때문인지 머리가 자꾸 어지러웠다.

제4대륙의 서쪽 끝, 그러니까 제4대양의 시작점에 마련된 임시 거처에 유가족들이 모였다. 승객들에게 직접 상품을 판매한 여행사의 대표와 실제로 관광을 진행한 소규모 여행사의 대표가 유족과 대화를 하겠다고 찾아왔다가 성난 유족의 반응을 보고는 삼십 분 만에 자리를 떠 버렸다. 이후 그들은 다시는 나타나지 않았는데, 소문에 의하면 여행사 대표는 보상금을 물어주는 과정에서 파산을 신청했고, 소규모 여행사 대표는 여행사 이름을 바꿔 계속 다른 상품들을 위탁 운영하고 있다고 했다.

생존 가능성이 희박하긴 했지만 유족들은 모두 추락과 침몰 지점을 탐색하기를 원했다. 여행사 대표가 재빨리 신청한 파산이 받아들여지기 전까지 2주 동안 수중탐사 로봇이 지구와 비슷하게 설계된 제4대양의 심층을 조사했다. 여행사에서 빌려온 로봇은 구조 활동이 가능한 대형이 아니라 탐사를 목적으로 하는 소형 모델이었기 때문에 사진과 영상을 찍는 것 말고는 별로 할 수 있는 일이 없었다. 여행사로부터 받은 선납금이 떨어지자 로봇 대여 업체에서는 로봇을 철수시키려 했고, 일부 유족들은 보상금 절반씩을 모아 기간을 연장하거나 로봇을 교체하기를 원했다. 하지만 이 역시 몇몇 유족들이 동의하지 않아 성사되지 못했다. 이 과정에서 로봇 대여 업체 사장은 유족들의 회의 결과를 기다리느라 자신의 직원이 돌아갈 우주선을 놓쳤다며 푯값 일부를 요구하기도 했다.

4

다이빙 이야기가 나온 건 그즈음이었다. 직접 들어가 보는 건 어떻습니까? 누군가 말했고 다른 누군가가 화답했다. 로봇을 빌리는 건 큰돈이 들지만 산소통과 잠수 장비만 사서 번갈아 바다에 들어가는 건 비용이 많이 들지 않았다. 아직은 유가족 임시 거처에 유족 대부분이 남아 있었을 때여서 호응하는 사람들이 꽤 됐다. 그는 마지막으로 손을 들었다.

처음 말을 꺼낸 사람도 전문가는 아니었으므로 찬성한 유족들은 전문 다이버를 초청해 몇 번의 훈련을 받았다. 함께 다이빙을 시작한 사람들은 20명 정도였다. 그들은 서로를 격려하며 매일 아침 기꺼이 추락 지점 근처의 물속으로 몸을 던졌다. 바다는 밖에서는 푸르렀지만 들어가면 곧 검어졌다. 그는 여전히 물이 두려웠으나 아무것도 하지 않는 것은 더 두려웠기 때문에 순서가 되면 순순히 슈트를 입었다. 다이빙이 깊어지고 익숙해질수록 바닷속은 지구를 떠나올 때 그가 보았던 우주와 닮아 갔다. 그 사이 천천히 계절이 바뀌었고 그는 매일 아침 입수할 때마다 아주 조금씩 낮아지는 수온으로 그것을 느낄 수 있었다.

두 달이 지났을 무렵 첫 번째 이탈자가 나왔다. 피해자들의 유류품을 14점이나 발견해낸 여자였다. 그는 의외라고 생각했다. 그녀는 가장 열정적인 인물이었고 동시에 가장 많은 성과를 올렸던 사람이기도 했다. 바닷속에 해류의 흐름으로 인해 잔해가 쌓이는 곳이 있다는 사실을 알아냈고, 거기서 찾아낸 물건들을 분류해 이름이 적힌 것들은 가족에게 보내기까지 했다. 그러나 그녀는 자신이 찾던 것, 그러니까 약혼자의 이름이 새겨진 승무원 명찰이 붙어 있는 옷 조각을 발견한 날 저녁, 인사도 없이 임시 거처를 떠나버렸다. 사람들 사이에 이런저런 추측이 오갔지만 그건 시작에 불과했다. 다음 날에는 어머니를 찾으러 왔던 형제가, 그다음 날에는 남편과 아들을 찾으러 왔던 중년 여성이 다이빙을 그만두었다. 그다음 날에는 아내를 찾으러 온 칠십 대 노인이 수면 위로 올라오는 과정에서 감압을 제대로 하지 못해 호흡 곤란과 쇼크를 겪은 뒤 심장마비로 사망하는 일이 벌어졌다. 이 사건을 계기로 꽤 많은 사람이 다이빙을 그만두고 임시 거처를 떠났다. 결과적으로 열성적이었던 사람들이 떠나가고 가장 조용했던 사람들만 남았다. 남은 사람들은 거의 아무 말도 하지 않고 순번을 조정해 다시 바다로 들어갔다. 시간은 더디지만 확실하게 흘렀다. 줄어드는 통장 잔액과 빨라지는 차례에서 그는 그것을 느꼈다.

5

계절이 두 번째 바뀔 무렵 임시 거처에 변화가 생겼다. 인공행성 자치 정부와 여행사에서 제공하던 거처의 임대계약이 끝나면서 유족들은 더 이상 거기 머물 수 없게 되어버렸다. 다이빙을 하지 않고 남아 있던 유족들은 떠나기 전에 임시 거처 근처에 희생자들의 이름이 적힌 추모비를 세우려고 했지만, 해당 지역 주민들과 상인들의 반대로 무산됐다.

이제 다이빙을 계속하는 사람은 둘뿐이었다. 부기장이었던 형을 잃은 청년과 그가 마지막으로 남았다. 그들은 임시 거처 근처의 모텔에 장기 투숙을 하며 다이빙을 했다. 둘뿐이었으므로 장비에 여유가 생겨 아무 때나 물에 들어갈 수 있었지만, 그들은 여전히 순번대로 번갈아 물에 들어갔다.

그가 다니던 보험회사에서 최종 해고 통지를 보내온 저녁, 바다에 다녀온 청년이 맥주를 사 들고 숙소로 돌아왔다. 인공행성의 물로 만들었다는 지역 맥주를 마시며 청년이 물었다. 선생님은 언제까지 물에 들어가실 겁니까. 그는 대답 대신 물끄러미 맥주가 가득 담긴 유리잔을 들여다보았다. 이 기포들처럼 물에 잠긴 사람들이 위로 하나씩 솟아오르면 참 좋을 텐데. 그는 속으로 생각했다. 그가 대답하지 않자 청년은 다시 말했다. 저는 오늘까지인 것 같아요. 죄송합니다.

그는 청년을 바라보았다. 청년은 울지 않았고 오히려 빙긋 웃었다. 그는 이따가 밤에 아내에게 참 괜찮은 청년을 만났다고 이야기하려다가 곧 이제 그럴 수 없다는 걸 새삼 깨달았다. 남은 맥주는 거의 다 그가 마셨다.

다음 날은 그의 차례였지만 그는 늦잠을 자고 말았다. 숙취 때문에 몽롱한 상태로 화장실에 들어가 세수를 하는데 뒤에 누가 서 있었다. 고개를 숙인 청년 목에는 산소통을 연결하는 가느다란 호스가 묶여 있었다. 청년은 누군가에게 영원히 사과하는 사람처럼 보였다. 그는 구급차를 부르고 청년의 목에 둘린 줄을 직접 풀었다. 청년의 가족에게 연락을 취하는 과정에서 그는 가족 중에서 청년이 세상에 가장 마지막으로 남아 있던 사람이라는 사실을 알았다.

추락 지점은 육지에서 호버크래프트로 한 시간가량 떨어져 있었다. 몇 달째 그를 데려다주는 기장은 기온이 더 떨어지면 연료 소비도 많아지기 때문에 요금을 지금 내는 것보다 더 많이 내야 할 거라고 말했다. 그는 건성으로 기장의 이야기를 들으며 고개를 끄덕였다. 속으로는 며칠 전 스스로 생을 마감한 청년을 떠올리고 있었다. 아무도 찾아오지 않는 장례를 대신 치러 주다가 그의 마음을 문득 스쳐간 어떤 생각에 대해서. 사랑하는 가족이 이미 이 세상에 없다면, 청년이 택한 방법이야말로 진짜 다이빙은 아닌가. 바닷속으로 들어가 이제는 존재하지도 않을 시체나 의미 없는 소지품을 찾는 것이 아니라. 청년의 질문이 귓가에 맴돌았다. 선생님은 언제까지 들어가실 겁니까. 자꾸 생각하다 보니 그 질문은 다르게 들리기도 했다. 선생님은 언제까지 돌아가실 겁니까.

입수 지점에 이르렀을 때 그는 잠시 망설였다. 며칠 전까지 한동안 잊고 있었던 물에 대한 두려움이 다시 살아나서였다. 그는 유치원에 다니던 어린 시절로 되돌아가기라도 한 것처럼 두려웠다. 수영장 앞에 서서 튜브를 두른 채 울고 있는 그 모습 그대로였다. 그때 수녀님은 성호를 그으면 마음의 두려움이 사라질 거라고 했다. 어렸을 때는 그 말을 믿지 않았지만 지금은 그 말을 믿고 싶어졌다. 그는 방향이 조금 헷갈려서 고민하다가 성호를 두 번 그었다. 위아래, 그다음 오른쪽으로 먼저 한 번, 다시 왼쪽으로 한 번. 딴생각을 하던 기장이 룸미러로 머뭇거리는 그를 발견하고 무슨 일이냐고 묻기 직전에 그는 크래프트 왼쪽 출구에서 바다로 뛰어들었다.

6

기장은 평소처럼 불법 격투기 사이트에 로그인해 돈을 걸고 있었다. 자신이 베팅한 화성 출신 파이터가 세 게임 내리 지는 바람에 짜증이 난 그는 화성인을 비하하는 욕설을 내뱉으며("빌어먹을 마씨 새끼. 금성에나 떨어져버려라!") 로그아웃해버렸다. 시간은 어느새 약속된 한 시간을 훌쩍 넘어 있었다. 기장은 남자의 다이빙 슈트와 연결된 탐지 장비를 켜서 그의 위치를 파악했다. 수면 가까이 올라오고 있어야 할 시간에 남자의 위치는 점점 더 깊어지고 있었다. 기장은 그와 통화하기 위해 오디오 송수신기를 작동했지만, 남자가 보내는 신호는 이미 끊겨 있었다. 기장은 뭔가 문제가 생겼다는 것을 직감하고 해양경비국에 구조 요청을 보내는 한편, 컴퓨터에서 불법 격투기 사이트의 로그인 기록을 모두 지우고 남자가 남긴 오디오 신호를 되감았다. 신호 속에는 똑같은 파형의 음성이 30회 이상 기록되었는데, 재생하자 남자의 목소리가 주문처럼 반복해서 흘러나왔다. 지금 가고 있어. 기장은 구조대를 기다리며 그 말의 의미가 무엇일지를 골똘히 생각했다. 남자의 위치를 나타내는 푸른 점이 마지막으로 한 번 반짝거린 뒤 검은 화면에서 사라졌다.

서재

서재

『자음과모음』 2016년 여름호(제32호)

1

지금 나는 아무도 없는 방에 앉아 있다. 날짜는 통합세기 33년 9월 21일 수요일. 시간은 오후 4시 16분이다. 가로가 더 긴 직사각형 모양의 방은 크지 않다. 사방에는 나무로 만든 책장이 둘리어 있고, 장 속은 텅 비어 있다. 방 안 공기에는 퀴퀴한 먼지 냄새와 오래된 나무향 같은 것이 떠돈다. 책장이 앞쪽에 나 있는 두 개의 창문을 모두 가려버리는 바람에 밖은 보이지 않지만, 아직 남아 있는 오후의 햇빛이 장과 장 사이 틈으로 스며들어 바닥에 기다란 빛과 그림자를 만든다. 곧 재채기가 나올 것처럼 코끝이 간지럽다.

이 방에서 쓸 만한 가구라고는 가운데 덩그러니 놓인 나무 책상과 의자뿐이다. 나는 책상 앞에 앉아 이 글을 쓰고 있다.

정부에서 공무원들에게 배포한 이 유성펜은 압력조절센서가 달려 있어 어떻게 힘을 주어도 늘 일정하게 잉크가 흘러나오도록 해준다. 올바르게, 올곧게. 정부의 모토대로다. 펜을 손에 쥐어본 것이 얼마 만인지 모르겠다. 내 직업은 기록원인데, 펜이 이렇게 낯설게 느껴진다는 건 생경한 일이다. 펜이 명사가 아니라 하나의 은유가 되어버린 것은 꽤 오래전부터다. 비단 나에게뿐만은 아니겠지. 마지막으로 뭔가를 써본 적이 언제더라? 정확히 기억나지 않지만 아마도 10년은 더 지났을 것이다. 펜을 쥐고 있다니, 홀로그램으로만 보던 동물을 실제로 만난 것처럼 이상한 기분이다. 엄지와 검지 사이 근육이 벌써 욱신거린다.

여기에 뭘 적어야 할까.

좋은 소식과 나쁜 소식이 하나씩 떠오른다. 좋은 소식은 아내가 임신했다는 것이고, 나쁜 소식은 곧 이사해야 한다는 것이다. 지금 사는 집은 2인 가구용이기 때문에 아이가 태어나면 더 이상 살 수 없다. 얼마 전 70세를 넘겨 노약자 주거지역으로 이사한 어머니를 찾아간 건 그 때문이었다.

"그렇다면 거기로 들어가는 수밖에 없지 않겠니."

어머니는 자신이 얼마 전까지 혼자 살던 집을 '거기'라고 불렀다. 약간 체념한 듯한 말투였다. 그러고는 자신의 지문이 등록된 예비용 집 열쇠를 건넸다.

예상하지 못한 건 아니었다. 물론 어디 숨겨둔 돈이라도 내놓으며 원하는 집을 찾아 들어가라는 말을 하는 어머니의 모습을 상상해보지 않은 건 아니지만, 그럴 리 없다는 것도 잘 알고 있었다. 어쩌면 처음부터 목적은 어머니에게 '거기' 열쇠를 받는 거였는지도 몰랐다. 어머니가 혼자 살던, 나 역시 태어나 기숙학교에 입학해 떠나기 전까지 살았던 그 집은 3인 가구용이었으므로 아이가 태어나도 문제될 것이 없었다. 위치가 외지고 동네도 좋다고는 할 수 없으며 집 자체도 오래되어 낡았지만, 그런 걸 따질 만큼 여유로운 상황은 아니었으므로 나는 사양 않고 열쇠를 받았다.

집은 그대로였다.

좁은 거실도, 낡은 부엌도, 부모가 안방으로 쓰던 침실과 내가 쓰던 작은 방도 여전했다. 나는 살림이 모두 빠져나가 휑한 집을 돌아보다가, 마침내 이 방의 문을 열고 들어왔다. 늘 잠겨 있던, 서재라는 이름으로 불리던, 한때 미친 듯이 들어오고 싶었던, 아버지의 방.

2

아버지는 내가 열한 살 때 사라졌다.

나는 아직도 그때의 순간을 꽤 구체적으로 기억한다. 점심을 막 먹은 오후였고 무슨 이유에선가 학교에 가지 않은 날이었다. 주말이나 공휴일에 흔히 그랬듯 베란다에 앉아 창밖을 내다보고 있었다. 낮과 밤의 경계가 희미한 날씨. 빛나는 불빛들과 시시각각으로 변하는 스크린들. 잿빛 하늘 속을 이리저리 가르며 분주히 날아다니는 차들. 그때는 그게 세상 전부였고, 어린 내게 세계의 움직임을 관찰하는 일은 경이로움의 연속이었다. 그렇지 않다면 어머니의 타박을 들으면서까지 시간이 날 때마다 거기 앉아서 멍하니 시간을 보내지는 않았을 테니까.

차 한 대가 세계의 규칙적인 움직임을 벗어났다는 사실을 발견한 건 그때였다. 불행은 언제나 패턴이 깨지는 순간 찾아온다는 평범한 진리를 깨닫지 못했던 시절이었다. 나는 패턴을 벗어난 차에 흥미를 느꼈다. 그 차는 마치 나를 알아보기라도 한 것처럼 점점 내 쪽으로 다가왔고, 끝내 집 앞에 내려앉았다. 제복 입은 사내 몇이 차에서 내려 우리 집이 있는 건물로 들어왔다.

잠시 후 벨이 울렸을 때 나는 놀라지 않았다. 마치 그것은 거부할 수 없는 운명처럼 느껴졌다. 나는 하나의 점으로만 보이던 차가 공중에서 패턴을 벗어났을 때부터 이런 일이 일어날 것을 알고 있었던 사람처럼 문을 열어주었다. 문 앞에 경찰복을 입은 사내 셋이 서 있었다.

“민윤식 씨 댁입니까.”

내가 고개를 끄덕이자 맨 앞에 서 있던 각진 얼굴의 사내가 뒤쪽 젊은 사내 둘에게 고갯짓을 했다. 그들은 나를 밀치고 안으로 들어가려고 했는데, 왜 그랬는지 몰라도 나는 두 팔을 벌려 그들을 막았다.

“신원 코드는요.”

나는 그들 앞에 발급받은 지 채 한 달도 되지 않은 UDC(United Digital Communicator, 통합정보단말기)를 내밀었다. 열한 번째 생일을 지나는 모든 시민에게 정부가 지급하는 물건이었다. 들어가려던 젊은 사내 중 하나가 무슨 말인가를 하려고 했지만 각진 사내가 손을 들어 제지했다. 그러고는 주머니에서 자신의 UDC를 꺼내 내 것에 가져다댔다. 눈앞에 있는 사내의 얼굴과 소속, 이름이 화면에 출력됐다.

—통합정부 행정부 대서수사과 김삼환.

“잠시 실례하겠습니다.”

각진 사내가 부드럽게 내 어깨를 옆으로 밀자, 젊은 사내들이 나를 밀치고 집 안으로 들어갔다. 안방에서 낮잠을 자고 있던 어머니가 놀란 얼굴로 뛰쳐나왔다. 그들은 어머니를 보고도 당황하지 않고 뭔가를 찾는 사람처럼 태연하게 집 안 이곳저곳을 살폈다. 어머니는 불안한 얼굴로 서재 쪽을 바라보았다. 아버지가 그 안에 있었다.

집 안을 구석구석 살핀 세 사람이 서재 앞에 서는 데는 그리 오랜 시간이 걸리지 않았다. 구식 자물쇠로 굳게 잠긴 문을 젊은 남자들이 두드렸다. 어머니와 함께 그들 곁에 비켜 선 나는 가슴이 심하게 요동치고 있다는 걸 깨달았다. 그 안에 있을 아버지가 걱정돼서는 아니었다. 처음으로 저 안을 들여다볼 수 있겠다는 생각 때문이었다. 단 한 번도 나에게 허락되지 않았던 저 미지의 공간이 어쩌면 이제 눈앞에 펼쳐질지도 모른다고 생각하니 흥분을 가라앉힐 수가 없었다.

노크라고 하기엔 너무 셌던 그들의 수신호에 마침내 문이 열렸다.

"누구시오?"

아버지였다. 아버지는 문을 온전히 열지 않은 채 미심쩍은 목소리로 물었다. 각진 사내는 뒤로 한 발 물러서더니 돌연 앞발을 들어 있는 힘껏 문을 찼다. 아버지는 억, 하는 소리를 내며 뒤로 쓰러졌고 어머니는 비명을 질렀다. 심장이 갑자기 쪼그라드는 느낌이었다.

"붙잡아."

그의 말이 떨어지기 무섭게 젊은 사내 둘이 양쪽에서 아버지를 포박했다.

"뭐요 당신들?"

각진 사내는 아버지의 말을 무시한 채 서재 안으로 들어가 천천히 구경하듯 사방을 살폈다. 어머니는 계속해서 소리를 질러댔고 나는 그의 뒤를 따라 서재 안으로 들어갔다. 문지방을 넘는 순간 다시 심장이 부풀어 올랐다. 한 번도 나에게 허락되지 않았던 공간. 비밀의 방. 아버지의 서재.

"대단하군요."

각진 사내가 말했다. 그의 뒤에 멈춰 선 나는 믿어지지 않는 그 방의 풍경에 압도당했다. 족히 수천 권은 될 듯한 색색의 종이책이 마치 벽의 일부처럼 사방을 둘러싸고 있었다. 바닥에서부터 아무렇게나 놓인 책들은 천장에 닿을 듯 높이 쌓여 있었다. 희미하게만 알고 있었던 종이책 냄새가 이렇게 진할 수 있다니. 나는 무언가에 홀린 사람처럼 책장으로 다가가 손에 잡히는 책 한 권을 집어 들었다. 책의 제목은 『국가론』이었다. 손가락 끝에 닿은 종이의 첫 느낌은 너무 부드럽고 따뜻해서 놀라웠다. 그러나 채 몇 페이지를 넘기기도 전에 누군가 강한 힘으로 내가 들고 있던 책을 빼앗아갔다. 각진 사내였다. 그는 표정 없는 얼굴로 책을 잠시 살피더니 탁, 소리 나게 덮어 바닥에 던졌다. 긴장한 탓인지 갑자기 배가 싸르르 아파졌다.

"통합세기 13년 5월 26일 14시 15분, 귀하를 대서 관련 특별법 2조 5항에 의거 종이책 소지 및 유통 혐의로 체포합니다."

각진 사내는 아버지를 향해 돌아서서 UDC를 꺼내 들고 말했다. 이 상황을 녹화하는 것 같았다. 아버지는 별다른 대꾸를 하지 않고 한숨을 내쉬며 고개를 숙였다. 아버지를 양쪽에서 붙들고 있는 젊은 사내들의 손등에서 힘줄이 꿈틀거렸다.

"가자."

각진 사내가 앞장서서 방을 빠져나갔다. 그는 잠시 어머니 앞에 서서, 곧 종이책을 수거할 인력이 따로 방문할 거라고 말했다. 조금 전 문을 부술 만큼 세게 찬 사람이라고는 믿어지지 않을 만큼 온화한 목소리였다. 그런 다음 나와 잠시 눈이 마주쳤는데, 희미하지만 그 순간 그는 미소를 지어 보였던 것 같다. 아버지는 젊은 사내들에 이끌려 순순히 그 뒤를 따랐다. 아버지는 어머니에게 아무 말도 하지 않았지만, 나를 지나치면서는 한마디 했다.

"곧 돌아오마."

그게 아버지의 마지막 말이었다.

3

몇 시간 지나지 않아 제복을 입은 사람들이 무더기로 집에 찾아왔다. 그들은 운반용 로봇을 가지고 와서 서재에 있던 책들을 한 권 한 권 꼼꼼히 거둬갔다. 그들이 건넨 유일한 말은 "이게 전부입니까?"였다. 어머니는 고개를 끄덕였지만, 그들은 집 안 구석구석을 살피고 서재 이외에는 종이책이 없음을 확인한 뒤에야 돌아갔다.

아버지 소식은 들려오지 않았다. 대신 누가 어떻게 알았는지 학교에 먼저 소문이 퍼졌다. 이웃집에서 말이 나왔는지, 경찰 쪽에 연관된 사람이 있는 건지는 몰라도 어쨌든 내가 나타나면 아이들이 수군거렸다. 쟤네 아빠가 종이책을 10만 권이나 갖고 있었대. 10만 권이면 얼마나 많은 거야? 그게 집에 들어가? 아 몰라, 그냥 존나 많았대. 집 전체가 책이었다며. 씨발, 근데 왜 저 새끼는 안 잡혀가? 모르지 곧 잡혀갈지. 조심해라. 괜히 어울리다가 우리까지 좆되는 수가 있어.

나는 원래부터 나를 향한 관심이 달갑지 않았지만, 그 관심이 아버지로 인해 부정적인 쪽으로 증폭되는 것은 더욱 견디기 어려웠다. 상황을 파악한 담임선생은 다른 자치구에 있는 기숙사 중심의 특수 중학교에 지원하는 것이 어떻겠느냐고 물었다. 어차피 만 12세부터는 중학교로 진학해야 했으니, 집과 학교를 모두 떠날 수 있는 기숙학교는 어찌 보면 유일한 대안이었다. 물론 그곳에 가면 앞으로의 진로와 직업까지 정해져버린다는 단점이 있었지만, 이미 나는 자유로운 미래를 위해 현재를 희생할 여력이 없는 상태였다. 그게 미래든 내일이든 천국이든 팔 수만 있다면 죄다 팔아서 현재에 보태 써야 하는 입장이었으니까. 아버지가 체포되던 그해 5월부터 특수 중학교 입시가 있는 11월까지 나는 미친 듯이 공부를 했고, 그 결과 그해 마지막 날 발표된 합격자 명단에서 내 이름을 발견할 수 있었다. 소식을 전했을 때 어머니는 칭찬도 비난도 하지 않고 말없이 눈물만 조금 흘렸다.

특수 중학교는 통합정부에서 공무원들을 양성하기 위해 직접 설립, 운영하는 학교였다. 학비가 공짜고 숙식도 제공되는 데다 진로도 보장되어 있기 때문에 주로 나처럼 출신 성분이 낮거나 환경이 좋지 않은 아이들이 많았다. 학교에서는 학과 공부를 통해 사회와 역사에 대해 배우는 것과 별개로 또래 아이들을 통해 얻게 되는 정보도 적지 않았는데, 그들 중에는 나처럼 종이책과 관련된 범죄자 자녀들도 있었다.

"너희 아빠는 거의 마지막에 걸린 거구나."

필이 말했다.

"우리 아빤 십 년도 더 전에 잡혀갔는데. 첫 종이책 분서 때."

"분서?"

"책 태우는 거. 통합정부 수립되자마자 시작한 일이 그거잖아."

"너희 아버지도 그때 잡혔어?"

"그랬지. 뭐, 물론 열 명쯤 불고 금방 풀려나긴 했지만."

"뭐가 그렇게 잘못인 건데? 종이책 가지고 있는 게."

"초대 총리가 선포했었잖아. 이제부터 모든 지식은 넷(Net)을 통해서만 공유된다고. 종이책 가지고 있는 사람들은 지식과 정보의 편향, 불균형, 독점을 옹호하는 것으로 간주하고 엄벌에 처하겠다고. 난 아빠가 어릴 때부터 하도 노래를 불러서 그때 구호까지 알고 있다니까. 우리의 미래에 필요한 것은 책이 아니라 인격이다. 옛 지성은 재로 사라지고 그 잔해 속에서 새 인격이 탄생할 것이다……."

"너희 아버진 괜찮으셔?"

"엄마 말론 처음 잡혀갔다 와서는 고문 후유증 탓인지 몇 년 동안 미친 사람처럼 중얼거렸대. 책을 불사르는 건 시작에 불과하다고. 저 미친 정부는 결국 인간을 태워버리고 말 거라고."

"지금은?"

"지금? 지금 우리 아빠 정부에서 일해. 넷 정보 제공자로. 완전 충성하면서."

"그게 가능해?"

내가 묻자 필은 냉소적인 웃음을 띠며 답했다.

"내 말이. 차라리 잡혀갔을 때 죽었으면 멋있기라도 했을 걸."

4

몇 년 후 아버지가 죽었다는 소식을 들었을 때 나는 필의 말을 떠올렸다. 3년간의 중등 과정을 마치고 같은 학교 고등 과정을 시작하던 해였다. 주말도 아닌데 어머니가 밤늦게 전화를 걸어왔다. 불행은 언제나 패턴이 깨지는 순간 찾아온다는 평범한 진리를 어렴풋이 알아가고 있던 무렵이었다. 홀로그램 속 어머니는 반쯤 넋이 나가 있었다.

"영아, 너희 아버지가…… 아버지가……."

어머니는 말을 잇지 못하고 화면을 전달받은 사망통지서로 돌렸다. 짤막한 리포트에는 아버지의 사진과 인적 사항, 병명과 사인 그리고 간략한 상황 요약이 첨부되어 있었다. 제4교도소에서 원인 불명의 급성폐렴으로 옥사. 시신은 즉시 자택 근처 통합정부 지정병원으로 이송 예정. 통지서에는 어떤 감정도 배제되어 있어 읽기 수월했다. 다음 날 나는 선생에게 아버지의 죽음을 알리고 사흘간의 휴가를 얻었다. 아버지의 장례식장에서 아들은 어떤 표정을 짓고 있어야 할지 상상이 되지 않아 집으로 가는 길 내내 멍하니 하늘만 바라보았다.

충격으로 거의 쓰러지다시피 한 어머니와 미성년자인 나를 대신해 아버지의 절친한 친구였던 최 박사가 장례 절차 대부분을 진행해주었다. 그는 신경과학자로, 뇌과학 분야에서 통합정부 아시아 지역을 대표하는 의사였다. 나로서는 처음 치르는 장례였지만 문상객도 많지 않았고 딱히 할 일이 있는 것도 아니어서 대부분의 시간을 어머니와 말없이 앉아 있는 데 사용했다. 머릿속에서는 밀린 과제와 기말고사 계획, 아버지에 대한 파편적인 기억 같은 것들이 뒤엉켜 출렁였다. 둘째 날 밤에 최 박사는 어머니를 따로 불러내 긴 시간 이야기를 나눴다. 최 박사가 말하고 어머니는 듣는 식이었다. 어머니는 계속해서 고개를 끄덕였는데, 그때마다 얼굴이 점점 어두워지는 것 같았다.

셋째 날 아침 발인과 화장이 끝나자 정말로 할 일이 없어졌다. 최 박사는 어머니와 나에게 점심을 사 주며 위로의 말을 건넸다.

"앞으로 괜찮겠냐?"

"네."

"학교생활은 할 만하고?"

"네."

"너무 슬퍼하거나 낙심하지 마라."

"네."

"네 아버지도 그걸 바랄 거야."

나는 대답 대신 최 박사를 빤히 바라보았다. 아버지는 있을 때도 존재감이 크지 않았다. 내가 기억하는 아버지는 그저 서재에 들어가 밖으로 나올 줄 모르는 사람이었다. 외출할 때면 서재 문에다가 구식 자물쇠를 채우고 나가는, 정부가 금지한 종이책 수천 권을 숨기고 있던, 그러면서도 그게 아내나 아들에게 어떤 피해를 줄지에 대해서는 조금도 고려하지 않은, 이해할 수도 없고 이해할 필요도 없는 그런 사람이었다. 솔직히 말해 나는 조금도 슬프지 않았다. 내 처지를 스스로 연민한다면 모를까, 아버지라는 사람 자체에 대해 내가 가진 감정은 거의 없다고 해도 과언이 아니었다. 나는 그저 빨리 이 불편한 검은 양복과 넥타이를 벗어버리고 싶을 뿐이었다. 목이 조여서 밥조차 양껏 먹을 수가 없었다.

"필요한 일이 있으면 언제든 연락해라. 어려워 말고."

최 박사와 헤어져 어머니와 집으로 돌아왔다. 사흘 내내 사람의 몸에 이렇게나 많은 물이 있다는 걸 증명이라도 하듯 울어대던 어머니는 돌아오자마자 완전히 기진맥진해 쓰러졌다. 기숙사로 떠나기 전에 나는 오랜만에 방문한 집을 둘러보았다. 많은 짐을 줄이고 최대한 간결하게 살고 싶어

하는 어머니의 마음이 느껴지는 듯했다. 서재 문은 닫혀 있었는데, 그 앞에서 나는 잠시 망설였다. 마치 어린 시절의 어떤 순간처럼, 몰래 문을 열면 방 안 가득한 책과 좁은 어깨를 지닌 아버지의 뒷모습이 보일 것만 같았다. 그는 나를 발견하고 몹시 화를 내면서 자신이 실수로 잠그지 않은 방문을 세게 닫아버리겠지. 아버지와의 추억이라면 그게 전부였다.

나는 조심스럽게 서재 문을 열었다. 거기엔 텅 빈 책장과 책상만이 남아 있었는데, 그건 아버지가 채 버리지 못하고 간 육신처럼 흉물스러웠다.

5

다시 돌아간 학교에서는 적응하는 게 쉽지 않았다. 본격적으로 4년간의 고등교육 과정이 시작되었지만, 학교가 가르치는 지식은 점점 더 지루하고 재미없는 것이 되어갔다. 남이 가르쳐주는 것들에 대해 신뢰하지 못하는 버릇이 생겨난 것도 그때쯤이었다. 모든 정보는 넷에 이미 존재했고 넷을 활용할 줄만 안다면 나머지는 굳이 배워야 할 필요가 없는 것들이었다. 나중에는 이 학교라는 시스템 자체가 선생들에게 월급을 주기 위해 억지로 만들어지고 유지되는 것은 아닌가, 하는 생각이 들 정도였다. 게다가 선생들은 대개 넷 지식의 충실한 신봉자였기 때문에, 수업 시간에는 토씨 하나 틀리지 않고 넷의 내용을 그대로 전달했다. 나는 수업 초반 몇 분을 할애해 넷의 내용을 익히고, 나머지 시간에는 공상을 하거나 잠을 자는 식으로 시간을 보냈다. 선생들 중 통합세기 이전 세대들, 그러니까 나이 든 몇몇은 이런 방식은 '진짜 교육'이 아니라며 불만을 드러내기도 했다. 대체로 노인들일수록 정부나 넷에 대해 부정적인 경우가 많았다. 하지만 그들조차도 정작 '진짜 교육'이 뭔지는 알려주지 않았기 때문에, 나는 그들처럼 화가 나지도 안타깝지도 않았다. 그저 빨리 시간을 채워 학교를 벗어나고 싶을 뿐이었다. 이제 와 돌이켜보면 그들도 뭐가 '진짜 교육'인지는 모르고 있었을 거라는 생각이 든다.

홀로그램 속 어머니의 모습은 점점 야위어갔다. 아버지는 죽었지만 대서 관련 특별법은 반체제 행위 가중처벌 원칙에 따라 배우자와 자식에게 매우 가혹하게 설계되어 있어서, 어머니는 그동안 정부에서 받아오던 생활보조금을 반 이상 받을 수 없게 되어버렸다. 게다가 그동안 해오던 가사 도우미 일마저 그만두어야만 했는데, 신원 조회에서 반체제 점수가 높게 나오는 지원자를 자기 집에 들이고 싶어 하는 사람은 아무도 없었기 때문이었다. 결국 어머니는 다른 반체제 인사 가족들처럼 보통 사람들이 기피하는 일을 찾기 시작했고 마침내 구한 일은 로봇의 잔해를 치우고 청소하는 용역업체 일이었다. 보수는 둘째치고라도 그건 젊은이들이 하기에도 꽤 험하고 힘든 일이어서, 나는 몇 번이나 다른 일을 찾아보라고 권했지만 어머니는 말을 듣지 않았다.

고등 과정을 마치자 나에게도 선택의 순간이 찾아왔다. 하나는 최고등 과정으로 진학해 공부를 더 하는 것이고, 다른 하나는 바로 직업 전선에 뛰어들어 정부 부처에 배속받아 일을 시작하는 거였다. 담임선생은 나에게서 뭘 발견했는지 최고등학교에 진학해 공부를 더 해보라고 권유했지만, 나는 별다른 고민 없이 후자를 선택했다. 현실적으로 최고등 과정부터는 약간의 돈을 내야만 했는데 당시 나나 어머니에겐 그 정도의 돈도 없었을뿐더러, 무엇보다 더는 뭘 배운다는 게 지긋지긋했기 때문이기도 했다. 나에게도 부과된 반체제 점수 때문에 정보, 행정, 재정, 시설, 교육처럼 인기 있는 직종에는 지원 자체가 불가능했고, 가능한 직종 중에 가장 경쟁률이 낮은 것은 기록이었다. 나는 일에서 기쁨을 찾거나 사명감에 불타는 종류의 인간이 아닌 것이 확실했기 때문에 기록 직종을 택했고 최종 합격했다.

같은 반체제 인사 자녀였지만 필은 전향한 아버지 덕분에 직종 선택에서 아무런 불이익도 받지 않았다. 그는 입버릇처럼 말하던 대로 정보 직종에 지원했고 합격했다. 졸업식이 열린 날, 그러니까 어쩌면 그날 나눈 인사가 마지막이 될 수도 있는 그 자리에서 나는 필에게 악수를 청했다.

"축하해. 행운을 빈다."

멋쩍었는지 필은 딴청을 피우며 답했다.

"지원만 할 수 있었으면 너랑 같이 갈 수 있었을 텐데."

인상을 찡그리긴 했지만 나는 곧 그가 자신의 감정을 통제하고 있다는 걸 알아차렸다. 내 앞에서 너무 대놓고 좋아해서는 안 된다는 어떤 당위가 그를 불편하게 만들고 있는 것 같았다. 평소와 다른 부자연스런 모습은 아마도 그래서일 거라는 생각이 들었다. 나는 그가 마음 편히 자신의 행운을 즐길 수 있도록 얼른 자리를 떠나 짐을 챙겨 집으로 돌아왔다.

거의 4년 만에 돌아온 집에는 아무도 없었다. 일 때문에 어머니가 졸업식에 참석하지 못한다는 건 알고 있었지만 막상 아무도 없는 집에 들어가 앉아 있으려니 기분이 이상했다. 갑자기 내 신세와 처지가 딱하게 느껴지려고 해서 부엌에서 냉동식품 몇 개를 데워 먹었다. 대부분의 자기 연민은 뭘 먹으면 나아진다고 나는 믿었다. 허기를 달랜 뒤 집 안을 한번 둘러보고 옛날 내가 쓰던 방에 억지로 누워 잠을 청했다. 언젠지 모르게 깜빡 잠이 들었을 때 어머니가 돌아왔다.

괜찮다고 했지만 어머니는 나를 보자마자 서둘러 저녁을 차리기 시작했다.

"엄마, 나 기록원으로 일하게 됐어."

대화 없는 저녁 식사가 끝나갈 때쯤 나는 소식을 전했다. 어머니는 잠시 멍한 표정을 짓고 있다가, 곧 일어나 말없이 나를 꼭 안아주었다. 작업복을 갈아입지 않은 어머니에게선 기계기름 냄새가 났다.

6

집에서 일주일 정도 머물렀을 즈음 업무개시명령이 떨어졌다. 첫 배치는 11자치구였는데, 집에서 200킬로미터 넘게 떨어진 곳이라 근처에 혼자 살 공간을 얻어야 했다. 어차피 혼자 사는 데 익숙해진 몸이라 나가 사는 건 아무 문제없었지만 이제는 다시 혼자 남겨질 어머니가 걱정스러웠다. 눈이 마주칠 때마다 어머니는 고장 난 기계처럼 괜찮다는 말만 되풀이했다.

"서재는 저대로 놔두는 거예요?"

집을 떠나기 전날 밤, 여전히 잠겨 있는 서재 문을 보며 내가 말했다. 문에는 아버지가 사용하던 구식 자물쇠가 그대로 달려 있었다.

"네 아버지 방이잖니."

반사적으로 대답이 나갔다.

"죽은 지가 언젠데."

어머니는 처음 보는 사람처럼 내 얼굴을 한참 들여다보다가 말했다.

"문을 열면 자꾸 네 아버지가 뒤를 돌아볼 것 같아서."

다음 날 눈을 떠 보니 어머니는 벌써 일을 나가고 없었다. 식탁 위에는 충전식 신용카드와 열쇠, 그리고 짤막한 메시지가 놓여 있었다.

얼마 안 되지만 보태 쓰렴.

그리고 이 열쇠는 네가 맡아주었으면 한다.

아프지 말고 건강해라.

나는 왠지 모르게 무거워진 마음으로 짐을 챙겨 집을 나섰다. UDC에 카드를 넣어보니 어머니 월급의 두 배에 해당하는 돈이 들어 있었다. 11자치구까지 가는 동안 나는 어머니와 어머니 몸에서 나던 냄새와 죽은 아버지와 서재와 그 안을 떠다니던 나무향과 손끝에 닿았던 종이의 느낌과 변의와 자물쇠에 관한 생각으로 잠을 이루지 못했다. 회백색 하늘이 어두워지더니 정기 인공강우가 시작됐다.

7

첫 시작은 캡슐 타워였다. 4제곱미터에 불과한 공간은 좁고 불편했지만 기숙사 시절과 크게 다르지 않아 익숙했다. 거기서 결혼할 때까지 살았으니 10년을 산 셈이었다. 물론 결혼 이후에도 그 빌딩을 벗어나지는 못했다. 빌딩 안에서 조금 넓은 10제곱미터짜리 집으로 옮겼을 뿐이었다.

아내는 타워 지하의 세탁실에서 만났다. 같은 기록원 출신이었는데, 대개 그렇듯 서로를 전혀 알지 못했다. 업무와 관계된 직속 보고 라인 말고는 다른 이와 의사소통할 일이 거의 없었으니까. 아내를 눈여겨보게 된 건 세탁물을 맡기고 기다리는 동안 그녀가 뭔가를 쓰고 있었기 때문이었다. 다른 사람들이 벽에 기대앉아 졸거나 UDC로 이런저런 딴짓을 하는 동안, 그녀는 인상을 살짝 찡그린 채 조그마한 UDC 화면 위에 쉼 없이 뭔가를 쓰고 또 썼다.

"뭘 써요?"

세탁실에 유난히 사람이 없던 어느 날 밤, 나는 참지 못하고 물었다.

"시요."

여자는 대수롭지 않다는 듯 말했다.

"뭐요?"

"시."

내가 멍한 표정을 지었는지 그녀는 다시 한번 말했다.

"시를 쓴다고요."

나중에 알고 보니 그녀의 어머니는 시인이었다. 그녀의 어머니 역시 반체제 인사였는데, 필의 아버지와 비슷하게 1차 종이책 분서 때 잡혀 들어가서 실형을 살고 난 뒤 풀려나와 사라졌다. 그녀에게 어머니의 실종은 트라우마라기보다는 일종의 수수께끼였다. 사라지기 전까지 어머니에게 있었던 일, 한 번도 자신에게 이야기해준 적 없는 아버지의 정체, 그리고 어머니가 남긴 시. 모든 게 그랬다.

"어쩌면 그걸 풀 수 있지 않을까 싶어서요."

그녀는 희망도 절망도 섞이지 않은 목소리로 말했다. 흑도 백도 아닌 중간색의 말투. 회색의 표정. 그게 이상하게 내 마음 안쪽의 스위치를 건드렸다. 몇 달 후 나는 그녀에게 청혼했고 혼인신고와 함께 우리는 세탁실로 함께 내려가는 사이가 되었다.

한동안은 태어나서 한 번도 느껴보지 못한 종류의 행복과 흥분이 삶을 지배했다. 배우자가 생긴다는 건 이런 거구

나. 혼자가 아니라는 건 이런 기분이구나. 조금 예민한 것을 빼면 아내는 모든 면에서 나와 잘 맞았다. 우리는 시스템이 정한 한도 내에서 누릴 수 있는 모든 기쁨을 누렸다. 서로가 처한 사회경제적 위치의 한계를 너무도 잘 알고 있었기 때문에 분수에 넘치거나 도에 벗어나는 것은 아예 쳐다보지도 않았다. 내내 회색이었던 삶에 그녀가 들어오면서 나와 내 일상은 총천연색으로 변했다. 마치 컴퓨터 내부의 기판에만 붙어살다가 우연한 기회에 밖으로 기어나가 화려한 모니터 표면에 올라간 작은 벌레처럼, 나는 스스로의 자리를 얼마간은 낯설어하며 또 동시에 행복해했다.

그 행복에 균열이 생긴 건 몇 년 전 그녀가 아이를 갖고 싶어 하면서부터였다.

"이대로는 안 되겠어."

지하로 가지고 내려갈 세탁물을 분류하며 아내가 말했다.

"제대로 사는 것 같지가 않아."

"제대로 사는 사람이 있어? 그럴 수 있는 사람이?"

말해놓고 보니 내 대답은 좀 냉소적으로 들렸다.

"엄마가 남겨준 숙제를 풀고 싶어."

"당신은 시를 쓰잖아."

"시 몇백 편을 써도 답은 안 나와. 엄마를 이해하기 위해선 엄마가 되어보는 수밖에 없어."

"현실을 생각해야지."

내가 말하자 아내는 한 번도 본 적 없는 묘한 미소를 지었다.

"당신, 꼭 정부 사람처럼 말하네."

내 말이 틀린 건 아니었다. 아이를 갖기 위해서는 정부의 허가도 받아야 하고, 지금의 집에서도 이사를 해야 했다. 지금은 둘이 번다지만 본격적인 육아가 시작되면 한 사람은 일을 쉬어야 할 것이고, 그동안은 정부보조금으로 생활해야 할 텐데 그러기에 우리의 등급은 너무 낮았다. 생물학적으로 임신이 가능한가의 문제는 별개로 하더라도 넘어야 할 산이 많았다. 게다가 결정적으로 나는 아이를 원하지 않았다. 지금의 행복한 패턴을 깨고 싶지 않았다. 패턴이 깨지는 순간 찾아오는 건 불행이다. 나는 나를 위해서도, 아이를 위해서도 이 세상에 더 이상의 생명을 초대하는 일은 옳지 않다고 생각했다.

"당신이 뭐라든 난 낳을 거야."

아내가 세탁물을 챙겨 밖으로 나가며 말했다.

8

아내는 오랜 시간을 들여 장애물이라 여겨질 만한 것들을 하나하나 해결해갔다. 먼저 정부의 허가를 받는 데 성공했고, 이후 초과근무를 자청하여 가욋돈을 모았다. 아내의 계획과 실행력은 놀라울 정도여서 옆에서 지켜봐온 나로서는 원래 이런 사람이었나 싶을 정도였다. 오히려 가장 중요한 생물학적 임신은 아내의 준비에 비해 허무한 결말을 맞았다. 열에 아홉은 거쳐야 하는 시험관 수정을 위해 난자를 추출하려고 병원에 갔을 때, 의사가 이렇게 말했기 때문이었다.

"이미 수정된 난자 외에 또 임신을 하고 싶다는 겁니까?"

의사의 말을 한 번에 알아듣지 못한 아내는 몇 번이나 그 말의 의미를 물었고, 쉬운 말을 어렵게 하는 데 익숙해져 있던 의사는 한참의 대화 끝에 결국 아내가 이해할 수 있는 말을 해주었다.

"임신이란 말입니다, 임신."

그날 아내는 몹시 들뜬 상태로 집에 왔다. 그리고 마치 뜻밖의 선물이라도 공개하듯 자신의 임신 소식을 알렸다. 나는 그동안 노력하더니 잘됐네, 하는 식으로 답했고 아내는 내 대답에 적잖이 실망한 눈치였다. 아마도 아내는 내가 기쁨의 눈물이라도 흘리기를 바랐던 건지도 모른다.

"집이 문제네."

내가 말하자 아내는 눈을 흘겼다.

"겨우 그거야? 대답이라고 하는 말이?"

"문제는 문제니까."

아내는 한숨을 내쉬며 말했다.

"당신 어머니한테 가 봐. 이사하셨잖아."

아내 말대로 어머니는 최근에 노약자 주거지역으로 이사했다. 만으로 70세를 넘긴 노인들에게 정부가 싸게 공급해 주는 임대주택이 밀집해 있는 곳이었다. 반체제 전력이 있는 우리 같은 사람들에겐 주어지기 힘든 기회였지만, 통합정부의 실세라고 할 수 있는 행정 직종으로 자리를 옮긴 필이 인맥을 동원해 힘을 써준 덕분에 가능했다. 아버지가 죽은 뒤로도 그 집을 쭉 지켜 온 어머니는 20여 년 만에 집을 옮긴 셈이었다. 아내가 어머니에게 가 보라고 한 건 그 빈집 때문이었다.

나는 일이 적은 수요일 오후에 휴가를 내고 어머니를 찾아갔다. 마지막으로 본 게 몇 달 전인지 기억도 나지 않았다. 어머니가 새로 이사한 집은 넓진 않았지만 새로 지어 깨끗했고 혼자 사는 데 필요한 편의시설이 대부분 갖추어져 있었다. 이사하면서 짐을 많이 줄여서인지 휑한 느낌마저 있었다. 내가 사정을 이야기하자 어머니는 가느다란 목소리로 말했다.

“그렇다면 거기로 들어가는 수밖에 없지 않겠니.”

어머니는 늘 몸에 지니고 다니는 작은 손가방에서 집 열쇠를 꺼내 건넸다.

“어차피 팔 생각도 없었고, 팔아봤자 큰돈도 안 될 테니 그럴 필요도 없겠지만…….”

어머니가 목소리를 더 낮췄다.

“그 방을 조심해라.”

나는 그 말의 의미를 더 자세히 묻고 싶었지만 어머니는 손사래를 치며 나를 떠밀었다. 아직도 어디선가 자신을 지켜보는 눈이 있을 거라는 오랜 망상 때문이었다. 나는 그럴 필요 없다고, 무슨 말인지 알아듣게 이야기를 해달라고 말했지만 어머니는 막무가내였다. 주택 밖으로 나와 지상철 정류장까지 바래다 주는 길에 어머니는 주위를 두리번거리며 혼잣말처럼 중얼거렸다.

“네 아버지 그렇게 되고 나서 몇 달 있다가 최 박사가 집에 뭘 가져왔다.”

어머니는 아버지의 유령이라도 본 것처럼 몸을 부르르 떨었다.

“어쩌자고 그런 걸…… 버릴 수도 없고…… 그걸 그 방에 넣어뒀다. 이사 나올 때까지 그것 때문에 얼마나 마음이 불편했는지……. 네 아버지도 그렇지만 친구라는 사람도 어쩌면 그렇게 다를 게 하나도 없니."

걸음을 멈추고 어머니가 내 손을 잡았다. 정류장 위로 열차가 내려오고 있었다.

"조심해야 한다. 알겠지? 조심해야 해."

9

이 집의 문을 다시 열었을 때, 옛 기억이 생생히 떠올랐다.

좁은 거실도, 낡은 부엌도, 부모가 안방으로 쓰던 침실과 내가 쓰던 작은 방도 예전 그대로였다. 달라진 점이 있다면 이제는 텅 비어버렸다는 것뿐이었다. 집은 영혼이 빠져나가 영원히 생기를 잃어버린 시체처럼 무뚝뚝하게 나를 맞았다. 나는 천천히 집 안을 둘러보다가 그 방으로 향했다. 아니, 어쩌면 그 방으로 가기 위해 온 집 안을 돌아야만 했던 건지도 모르겠다. 아버지의 방. 잠겨진 서재. 누구에게도 금지되었던 그곳.

주머니 속에서 오래전 어머니가 맡긴 서재 열쇠를 꺼내 자물쇠에 넣는 순간 여러 생각이 교차했다. 딸깍, 하며 자물쇠 내부에서 뭔가가 맞춰지는 소리가 났을 때는 하마터면

한 발짝 뒤로 물러설 뻔했다. 나는 한쪽이 열린, 그래서 마치 들어오라고 까딱이는 손가락 모양처럼 구부러진 자물쇠를 바라보며 잠시 서 있었다. 열쇠를 만졌던 손가락 끝에서 피비린내 같은 쇠 냄새가 났다. 나는 기분이 나빠져서 열쇠를 파쇄용 쓰레기통에 넣어버렸다. 이제 쓸 일 없을 물건이다.

마침내 문을 열자, 거기 서재가 있었다.

내가 기억하는 마지막 모습과는 너무 다른 텅 빈 방에는 사방을 메운 책장과 가운데 덩그러니 놓인 책상, 그리고 의자 하나가 전부였다. 나는 조심스럽게 책상 앞으로 다가가 앉았다. 창문을 막은 책장 틈으로 칼처럼 내리꽂히는 오후의 햇빛 속에 포박된 먼지들이 꿈틀거렸다. 아버지를 생각했다. 아버지는 이 오래된 책상 앞에 앉아 무슨 책을 읽었을까. 어떤 생각으로 그 많은 책을 모으고 숨기고 또 버리지 않은 걸까. 아버지는 대체 왜……. 해묵은 질문들이 꼬리에 꼬리를 물고 이어졌다.

그때 어머니가 한 말이 떠올랐다.

네 아버지 그렇게 되고 나서 몇 달 있다가 최박사가 집에 뭘 가져왔다.

벌떡 일어나 방을 한 바퀴 돌아보았지만 책장 어디에도

이상한 물건은 없었다. 나는 다시 책상 앞에 앉아 서랍을 차례로 열었다. 가장 아래쪽 서랍 깊은 곳에서 뭔가가 만져졌다. 책이었다.

조심해야 한다.

나는 어머니의 말을 그제야 온전히 이해할 수 있었다. 책을 꺼내 손에 들었다. 아버지에겐 존재의 이유였을, 어머니에겐 원망과 두려움이었을, 그리고 나에게는 그 무엇도 아닌, 책. 가죽으로 만들어진 검붉은 표지에는 아무런 그림도 장식도, 어떤 무늬도 없었다. 표지를 넘기자 속지가 나타났는데, 책이라고 하기엔 너무 두꺼운 종이를 사용한 나머지 책장이 지나치게 묵직하고 뻣뻣했다. 어떤 부분은 잘 넘겨지지조차 않을 정도였고 페이지는 너무 많아 무거웠다. 가장 이해할 수 없는 건 내용이었는데, 왜냐하면 그 책에는 아무것도 적혀 있지 않았기 때문이었다. 책은 마치 서재처럼 텅 비어 있었다. 나는 그 이유를 알고 싶었다.

어머니에게 전화를 걸어 최 박사의 연락처를 물었다. 어머니는 왜 그러느냐고 묻지 않고 잠깐의 침묵 후에 번호 하나를 전송했다. 최 박사에게 전화를 걸자 홀로그램 대신 3D 사진 한 장이 나타났다. 홀로그램 통화가 가능하지 않을 때

정지화면처럼 떠 있는 영상이었다. 조금 톤이 낮아지고 거칠어지긴 했지만 나는 그의 목소리를 금세 기억해냈다.

"여쭤보고 싶은 게 있어서요."

"오랜만이구나."

"어머니한테 들었습니다. 그때 주신 거요."

"그래……."

최 박사가 기침을 심하게 했다.

"어디 안 좋으세요?"

"아니, 괜찮아."

최 박사는 목을 가다듬은 뒤 말했다.

"이젠 정말 예전 같지 않구나. 몸이 수명을 다해가는 거겠지. 그러고 보면 친구들에 비해 너무 오래 살았어. 죄가 많아서 그런가. 요즘 가끔 네 아버지 생각을 하곤 한다. 만약 그때로 돌아간다면 내가 똑같은 선택을 할 수 있을까, 하는 생각……."

"아버지가 이걸 남긴 이유가 뭡니까."

나는 그의 말을 자르며 말했다.

"그건 아버지가 남긴 게 아니다."

몇 번 더 기침을 하자 최 박사의 목소리는 거의 쉰 것처럼 들렸다.

"그건 네 아버지야."

그가 말했다.

10

글을 쓰고 있다.

아무도 없는 방에서, 언젠가 아버지가 책을 읽고 글을 쓰던 방에서, 이제는 내가 앉아 뭔가를 끄적이고 있다. 명색이 기록원이지만 종이 위에 글을 쓰는 일은 너무도 낯설다. 아니 두렵다. 내 심장은 방화를 결심한 소방대원처럼 두근거린다.

종종 그런 의구심이 들 때가 있다. 기록원으로서의 자의식 같은 것 말이다. 매일 꾸준히 뭔가를 기록하지만, 과연 내가 쓴 기록들을 누가 읽어줄까? '11자치구-33년-9월-20일' 같은 제목의 글을. 넷의 세상에서 모든 정보는 넷 안에 있다. 말하자면 넷에는 오직 하나의 책, 유일하지만 거대하고 보이지 않지만 무한한 책만이 존재하는 셈이다. 나는 그 책의 경계를 넓히는 일에 동원된 이름 없는 일꾼에 불과하다.

최근 나는 재미있는 비밀을 하나 발견했다. 통합정부에서 나 같은 기록원은 5만 명이나 존재한다. 그들이 하루에 100 단어만 써도 500만 단어다. 첨부 자료에는 홀로그램, 사진,

냄새, 소리, 음악 등 용량이 큰 온갖 데이터가 들어간다. 그런데 왜 넷의 사용 가능 용량은 조금도 줄어들지 않을까? 통합정부의 꾸준한 시설 확충 덕분일까? 그렇다면 왜 모든 기록의 열람 수는 0일까? 혹 우리가 써서 올리는 기록들이 제대로 기록되지 않는 건 아닐까? 아니 처음부터 우리는, 저장 기능 따위 없는 곳에서 허공에 대고 열심히 발길질만 하고 있는 건 아닐까? 발끝이 부서질 때까지?

나는 필에게 메시지를 보내 묻는다. 대서수사과라는 것이 실제로 존재하는지, 혹은 과거에 존재했는지에 대해. 그리고 넷에 접속해서 최 박사에 관한 정보들을 검색한다. 최 박사가 운영하는 뇌연구소는 21구역에 있고, 규모가 작지 않은 듯하다. 두 가지 정도가 눈에 띄었는데, 하나는 정부의 지원을 받고 있다는 것이고 다른 하나는 광고 문구다. '당신의 뇌를 기증하세요. 인류의 비밀이 풀립니다.' 그가 하는 연구는 뇌를 아주 얇게 자른 뒤 그 단면을 모아 뇌의 작동 방식을 밝히는 실험을 하는 것이다. 통합세기 이전부터 이어져왔다는 이 연구에 따르면 인간의 뇌는 보통 2000개에서 3000개의 슬라이스로 자를 수 있다. 과학자가 하는 일이 겨우 뇌를 식빵처럼 자르는 일이라니, 상상만으로도 불쾌해진다. 그사이 필에게서 메시지가 도착한다. 내가 보낸 번호가 아니라 모르는 번호다.

—확인 불가.

보안을 유지하고 싶을 때 필이 종종 쓰는 일회용 번호다.

—해석을 덧붙이자면, 보통 존재했던 기관일 때 이렇게 처리해. 하지만 여전히 존재하고 있을 가능성도 있지. 지금 내가 속한 부서의 최고책임자 이름이 우연히도 김삼환인 것처럼. 그러니까…….

필의 마지막 말이 전송된다.

—더 이상은 가까이 가지 않는 게 좋겠네.

다시 적막이 찾아온 서재에서 나는 책을 만진다. 책장이 넘어갈 때마다 비릿하면서도 구수한 냄새가 난다. 손끝에 닿는 느낌은 언젠가처럼 부드러우면서도 따뜻하다. 좀처럼 느낄 일 없는 온기다. 나는 빈 페이지들을 넘기고 넘기고 또 넘긴다. 첫 페이지부터 마지막 페이지까지. 입으로 숫자를 세면서 아무것도 적혀 있지 않은 책을 읽는다. 그리고 생각한다. 이건 종이일까? 아니면 아버지의 뇌 조각일까? 나는 종이에 대해서도, 아버지의 뇌에 대해서도 알지 못한다. 아버지의 사인이 정말 급성폐렴인지, 대서수사과에서 하는 일이 정확히 무엇인지, 아버지와 최 박사 사이에 어떤 부탁과 거래가 오갔는지도 모른다. 내가 아는 건 오직 하나, 곧 돌아오겠다는 아버지의 말뿐이다.

이제까지 나는 늘 아버지를 실패한 혁명가라고 생각해왔

다. 그러나 마지막 장, 그러니까 2401번째 페이지를 넘기는 순간 아버지가 남긴 마지막 말이 거짓이 아님을 깨닫는다. 아버지는 이미 돌아와 있었다. 아주 오래전에, 자신의 원래 모습과는 조금 다르지만, 자신이 가장 사랑했던 것과 가장 비슷한 모습으로. 하나의 인생이 아니라 한 권의 책, 전복의 메시지가 아니라 영원한 빈칸으로.

아내에게 메시지가 도착한다.

—집은 어떻게 됐어?

나는 설명할 수 없는 감정 때문에 UDC 앞에서 한참을 망설인다. 곧 돌아오마. 조심해야 한다. 그게 네 아버지야. 서로 다른 세 사람의 말이 하나로 묶여 나를 흔들고 덮친다. 아이. 우리의 아이. 생각의 바다 위에서 나는 곧 태어날 생명이 기다리는 해안가로 휩쓸려간다. 나의 패턴을 깨고 나를 아버지라고 부를 낯선 존재에게, 나는 무엇이 되어야 할까. 무엇이 될 수 있을까.

—새 자물쇠를 사야겠어.

아내에게 메시지를 보내고 나서 나는 펜을 찾는다.

그리고 쓰기 시작한다.

지금 나는 아무도 없는 방에 앉아 있다.

지구가 끝날 때까지 일곱 페이지

지구가 끝날 때까지 일곱 페이지

『세상 모든 책들의 도서관』(다림, 2020) 수록작

DAY 1

나는 아빠를 만난 적이 없다.

내가 이렇게 말하면 엄마는 항상 핀잔을 준다. "니가 왜 만난 적이 없어? 아빠가 널 얼마나 예뻐했는데." 그게 다 무슨 소용인지. 어차피 0세에서 3세까지의 기억이 남아 있는 인간은 없다. 내 기억 속에 존재하는 아빠는 없다. 기억나지 않는 걸 존재했다고 말할 수 있을까? 나에겐 그게 사실이다. 그러니까 나에겐 아빠가 없다.

엄마가 가장 두려워하는 건 지구 멸망이다.

스스로 다정하다고 생각하는 엄마는 실제로는 걱정만 많은 타입이다. 다정과 걱정은 한 글자 차이지만 겪어보면 꽤 다르다. 엄마 말에 따르면 '종이 한 장' 차이라고도 하는데 그 종이가 뭔지 나는 어제까지 몰랐다. 평범한 공무원이면서도 엄마는 늘 자신의 진짜 직업이 시인이라고 했다.

“시인이 뭐야?” 내가 물으면 엄마는 말했다.

“언어라는 우주에서 뭔가를 길어 올리는 사람이지.”

“아, 우주 고물상 같은 건가?”

내 대답에 엄마는 정색을 했다.

“민윤채.”

성을 붙여서 내 이름을 부른다는 건 엄마가 살짝 열받았다는 뜻이다. 그렇지만 엄마의 저 로맨틱한 감성을 나는 가끔씩 견딜 수가 없다. 추가. 엄마는 다정하고 걱정이 많으면서 상처를 잘 받는 타입이다. 그때 갑자기 밖에서 커다란 소리가 들리고, 뭔가가 번쩍했다가 어두워진다. 내 글씨도 점저ㅁ 알아보ㄹㅅㅜ업ㅅ게도 ㅣㄴㄷ ㅏ.

*

조금 지나자 눈이 어둠에 익숙해진다. 글씨는 보이지 않지만 적어도 내가 어떤 글씨를 쓰는지는 느낄 수 있을 정도의 익숙함이다. 어둠 속에서 빛나는 것은 시계뿐이다. 세상은 3시 52분에 어두워졌다가 4시 11분에 다시 밝아진다. 머리 위쪽으로 난 조그마한 창이 다시 빛을 흩뿌린다.

*

지금 이걸 쓰고 있는 곳은 화장실이다. 우리 집에서 가장 좁고 어두운 공간. 가뜩이나 집이 넓지도 않은데, 화장실에 들어와 있다니. 어제까지만 해도 나는 전쟁이 날 거라는 엄마의 말을 믿지 않았다.

"창문이 없는 화장실에서 일주일만 버티면 돼. 딱 일주일. 그러면 살아남을 수 있다고."

날이 조금 흐리거나, 뉴스에 나쁜 소식들이 많이 나오거나, 심지어는 기분이 나쁠 때 엄마는 습관처럼 말했다. 사춘기를 지나고 있는 예민한 딸에게 그런 말이 어떤 영향을 줄지에 대해서는 조금도 신경 쓰지 않는 것처럼 보였다. 말로만 그치는 게 아니었다. 엄마는 이 좁은 화장실 선반에다가 참치며 복숭아며 식용 벌레까지 온갖 통조림들을 꽉꽉 채워 놓았다. 방독면과 비상약, 1갤런짜리 물통도 10개나 넣어두었다. 여분의 수건과 휴지를 넣을 자리가 없을 정도였다.

"엄마, 난 전쟁보다 휴지 없는 게 더 싫다니까?"

유통기한이 20년이나 남은 통조림을 아무리 흔들며 말해도, 엄마는 대꾸도 하지 않았다.

"그리고 어차피 우리 집 화장실엔 창문이 있잖아?"

여전히 묵묵부답.

*

“배고프면 복숭아 통조림 꺼내서 먹어. 참치는 하루에 하나만 먹고.”

“벌레는?”

“엄마가 먹을게. 그리고 벌레 아니고 밀웜이야.”

엄마는 몸을 일으켜서 스트레칭 비슷한 걸 했다. 평소 같으면 나도 앉아 있지 말고 일어나서 따라 하라고 성화였겠지만 아쉽게도 여기는 둘이 일어나서 팔을 벌리고 설칠 만큼 충분한 공간이 없었다. 엄마가 앉았다 일어났다 팔을 벌렸다 다리를 오므렸다 하는 동안 나는 욕조에 들어앉아 복숭아 통조림 하나를 꺼내 뚜껑을 열었다. 달큼하고 향긋한 냄새가 났다. 평소라면 디저트용 은색 포크로 콕 찔러 먹었겠지만 지금은 그럴 사치를 부릴 여유가 없었다. 손가락으로 복숭아를 집어 입에 넣었다. 상큼하고 달달하면서 아주 조금 비릿한, 익숙한 통조림 복숭아 맛이 났다. 눈을 감으니까 아주 잠깐 이 모든 게 꿈이 아닐까 하는 생각도 들었다. 꿈이라면 좋겠다고 생각했다. 하지만 하나씩 하나씩, 복숭아가 더 이상 집히지 않을 때까지 먹었는데도 꿈은 깨지 않았다. 다 먹고 나자 배가 조금 부르고 기분이 약간 나빠졌다. 엄마는 엄마 운동의 마지막 단계인 머리를 땅에 붙이고 물구나무서는 자세를 하고 있었다.

전쟁이라니.

지금도 엄마는 말이 없다. 평소 같으면 엄마 말이 맞았다면서 빼길 법도 한데, 그러지 않는다. 엄마는 지금 무슨 생각을 하고 있을까? 엄마도 이 모든 게 꿈이면 좋겠다고 생각할까?

DAY 2

6시 35분.

평소보다 일찍 잠이 깼다. 눈을 뜨니 창문을 통해 들어온 햇빛이 조명처럼 화장실을 환하게 밝히고 있었다.

어제 저녁에는 해가 지면서 어두워지니까 이걸 쓸 수가 없었다. 잠이 들 때까지 엄마랑 이런저런 얘기를 했다. 엄마는 주로 옛날얘기, 아빠가 있던 시절과 나는 기억나지 않는 내 어릴 적에 관해 말했고, 나는 학교에서 나를 왕따시켰던 애들 욕을 주로 했다. 그러다 대화가 잠시 끊겨 눈을 감았는데, 멀리서 엄마가 "자니?" 하고 묻는 소리가 들렸다. 나는 아니, 라고 말하려고 했는데 입이 움직이지 않았다. 나는 정말 그 순간에 잠이 들어버린 걸까?

*

어쨌든 하루가 그렇게 끝나버렸고 이제 두 번째 날이다. 전쟁이 일어난 지, 아니, 정확히는 화장실에 갇힌 지. 어제 쓰려다가 못 쓴 내용은 이거다:

엄마가 책을 줬다.

책이라는 걸 모르는 사람은 아마 이 세상에 없을 거다. 수천 년 전 옛날 사람부터 아직 태어나지 않은 아기들까지 모두. 하지만 그중에 책을 정말로 만져보고, 읽어보고, 심지어 만들어본 사람은 몇이나 될까? 역사 시간에 책에 관해 배우는 내용은 대부분 그런 거다. 인류의 발전에 책이 얼마나 큰 역할을 했는지, 그렇지만 어느 순간 책이 얼마나 나쁜 매체로 전락했는지. 선생님들에 따르면 책에서 중요한 건 '정보'고, 그건 지금의 넷에 모두 들어 있으니까 더 이상 책은 필요 없다고 했다. 아직까지 책을 갖고 있거나 소유하려는 사람들, 특히 '종이책'을 보관하고 있는 사람들은 정보의 균등한 배분을 방해하는 반동 세력이라고도 했다. 선생님 중 몇몇은 그 얘기를 할 때 꼭 나를 빤히 쳐다보곤 했다.

안다. 나도 안다고.

아빠는 책 만드는 사람이었다. 그게 뭘 의미하는지, 얼마나 나쁜 일인지도 알고 있었다. 모를 수가 있나? 내 계급과 출신 성분이 다 누구 때문에 망한 건데. 하지만 내가 아빠에 대해 남들이 모르는 것까지 알고 있나? 라고 묻는다면 그건 아니었다. 뭐, 결과적으로는 남들이 우리 아빠에 대해 알고 있는 것만큼만 알고 있었던 것 같다. 무슨 얘기냐면,

내가 책을 처음 만져봤다는 얘기다.

*

"아빠가 만든 책이야. 마지막으로 남은 한 권."

엄마 목소리가 또 로맨틱해졌다는 사실이 마음에 걸렸지만 이번에는 시비를 걸지 않기로 했다. 엄마한테 아빠는 애틋한 존재일 테니까.

나는 아빠가 만들었다는 책을 쓰다듬듯이 만졌다. 기분이 좀 이상했다. 괴물처럼 생겼거나, 만지면 바로 죽는 폭탄 같은 건 줄 알았는데. 그냥 평범했다. 조금 퀴퀴한 냄새가 나고, 페이지를 넘길 때마다 약간 기분 나쁜 촉감이 느껴진다는 것만 빼면.

펼쳐서 읽는다는 느낌은 신기했다. 아 이런 거구나. 학교에서 역사 시간에 AR 같은 걸로 체험해본 적은 있지만 그게

얼마나 엉터리인지 알게 됐다. 선생님들이 해준 얘기도 다 뻥이었다. 그 사람들은 책을 한 번도 진짜로 만져본 적 없다는 데 내 남은 통조림을 다 걸겠다.

표지에는 'BIBLION'이라는 글씨가 움푹 패어서 적혀 있었다. 비블리온이 뭐지? 대충 다 읽은 내 소감은, 음, 아빠는 말이 많은 사람이라는 것이다. 하고 싶은 말이 뭐 그렇게 많은지 페이지마다 가득가득 뭔가를 써놨다. 솔직히 뒤로 갈수록 그냥 페이지만 넘기긴 했지만, 대신 맨 마지막 장만큼은 천천히 읽었다. 아빠는 끝에다가 이렇게 썼다.

…… 하여 이 책을 세상에 내보낸다.
이것이 비블리온 39의 첫 책이자,
비블리온 전체의 마지막 책이 아니기를 간절히 빌면서.
모든 것이 그대로지만 단 하나가 달라졌다.
나는 그것이 나이면서 동시에 당신이기를 바란다.
부디 우리가 서로에게 서로의 다음 페이지가 되기를.
늘 뒤를 조심하라.

도대체 무슨 소린지. 앞을 제대로 안 읽었으니 혼자서만 심각한 이 마지막 문장들도 제대로 이해할 수가 없다. 중요한 건 이 책이 여기서 끝이 아니라는 것이고, 뒤에 몇 페이지쯤 아무것도 없는 빈 페이지가 붙어 있다는 점이다. 세어보니 딱 일곱 페이지였다. 그 얘길 엄마한테 했더니 엄마는 말했다.

"거기다 일기를 써."

DAY 3

앉아서 자는 건 너무 불편한 일이다. 어제는 엄마랑 욕조 양쪽에 반대로 기대 눕기로 했지만, 자꾸 미끄러지는 느낌이 싫어서 나는 그냥 의자에 앉아서 잤다. 등받이가 있는 책상 의자에 앉아 스툴 위에 발을 올리고 자니까 욕조에서 자는 것보다 조금 낫긴 했다. 그래도 아침이 되니까 몸 여기저기 안 쑤신 곳이 없었다. 엄마는 신기하게도 욕조에서 코까지 골면서 잘 잤다. 내가 없어서인가?

5시 55분.

바늘과 숫자를 표시하는 튜브에 극소량의 삼중수소를 넣어놓은 시계가 은은하게 빛난다. 시간은 왜 흐르는 걸까? 내가 있기 전의 시간을 나는 알 수 없다. 아빠가 존재하던 세계, 그리고 엄마가 말하는 '아빠가 나를 예뻐했던' 세계는 나를 둘러싸고 흐르는 세계와는 다른 세계다. 나는 여전히 의자에 앉아 스툴 위에 발을 올린 채 시계를 뚫어져라 바라본다. 엄마가 잠이 깰 때까지 기다려야지.

그러고 보면 모두가 잠에서 깨기 전에 지속되는 이 고요를 좋아했던 적이 있었다. 외할머니가 살아 있던 때. 아빠는 원래 없었으니 엄마와 엄마의 엄마가 일어나지 않으면 집 안은 온통 적막 그 자체였다. 몰래 일어난 나는 고양이처럼 살금살금 부엌에 나가 엄마가 숨겨둔 와인을 한두 모금 홀짝이곤 했다. 삼킬 때마다 늦여름의 햇살처럼 목구멍을 따뜻하게 만들어주던 신기한 액체. 혹시 화장실에도 엄마가 숨겨둔 와인이 있지 않을까?

그때 욕조에서 잠이 덜 깬 목소리가 들린다.

"지금 몇 시야?"

여기 갇히기 전부터도 엄마의 하루 첫 대사는 늘 저거였다. 내가 몇 시라고 말해주든 간에 엄마는 항상 화들짝 놀라면서 일어났다. 쫓기듯이 급하게. 왜 꼭 그렇게 하루를 시작해야만 하는지 나로서는 이해가 가지 않았지만, 암튼 엄마는 그랬다.

엄마는 일어나자마자 벌레 통조림을 하나 뜯어 먹고 물통에서 물을 조금 받아 양치를 하더니, 갑자기 가방에 짐을 챙기기 시작했다.

"뭐 해?"

엄마는 날 한 번 쳐다보기만 할 뿐 대답이 없었다. 그러고는 가방에 벌레 통조림, 방독면, 물 한 통, 유일하게 무기 비슷한 거라고 할 수 있는 망치, 바람막이 점퍼와 손수건을 넣었다. UDC는 어차피 작동이 안 돼서 쓸모도 없을 것 같은데 그것도 넣었다.

"나갔다 올게."

엄마는 나에게 꼼짝 말고 있으라고 덧붙였다. 나갔다 온다고? 전쟁이 일어났다면서 밖에 나갔다가 온다는 말을 무슨 봄날에 소풍 가는 것처럼 말해? 나는 따져 묻고 싶었지만, 엄마는 다정하고 걱정이 많으면서 상처를 잘 받는 타입인 동시에 못 말리는 사람이었다. 말보다 행동이 앞서는 사람. 막을 방도는 없었다. 기껏해야 마음에 걸리는 말 정도를 던질 수 있을 뿐이었다.

"그럼 난 어떡해? 누가 여기 들어오면?"

엄마는 나를 뚫어지게 쳐다보더니 말했다.

"그럴 일 없어. 잘 잠가."

아, 자기 일 아니라고 진짜.

엄마는 이중으로 잠긴 화장실 문을 열고 나갔다. 문은 원망할 틈도 없이 닫혔다.

*

혼자 남겨지는 건 익숙했다.

이제까지 살면서 이 사회를 좀먹는 벌레의 딸이라고 욕먹는 게 일이었는데(근데 좀이 뭔지는 모르겠다. 벌레들이 좋아하는 음식인가?), 이 정도쯤이야. 나를 따돌리고 괴롭히고 모른 척했던 세상 따위 그냥 망해버리면 나는 더 좋다. 하지만 밖에서 굉음이 들리고 섬광이 번쩍일 때마다 기분이 조금 이상하기는 했다. 유령처럼 스며드는 매캐한 냄새도 불쾌하기는 마찬가지였다. 정말로 세상이 망하는 걸까? 전쟁이란 거, 넷에서나 배웠지 실제로 겪은 적은 없다. 아마 그건 대부분의 어른들도 마찬가지일 거다. 이 와중에 엄마는 어디로 갔을까? 폭탄이 터지면 이 건물도 위험하지 않나?

*

빛이 사라져 어둑어둑해질 때까지 아빠 책을 읽었다. 아빠가 의도한 건지는 잘 모르겠지만 나만 아는 웃음 포인트들이 몇 개 있었는데, 그중 하나가 엄마에 대한 묘사였다. '그녀는 인상을 살짝 찡그린 채 조그마한 UDC 화면 위에 쉼 없이 뭔가를 쓰고 또 썼다.' 엄마는 이때도 못 말리는 사람이었구나. 쥐들이 가득한 지하 세계로 갔다가 아빠 옷을 타고 올라온 쥐를 총으로 쏘는 장면에 이르러서는 내가 아는 엄마와 너무 똑같은 사람이어서 소름이 끼칠 정도였다. 하긴, 엄마는 엄마니까 당연한 건가?

책 가운데에는 얇은 직사각형 모양의 물건이 끼워져 있었다. 가로가 좁고 세로가 긴 검정색 물체였는데, 끝에는 실을 꼬아 만든 것 같은 빨간 줄이 달려 있었다. 아빠의 설명에 따르면 그건 '책갈피'라는 거였다.

여기 사용하지 못한 책갈피를 끼워둔다.
이 책을 손에 넣었다면 언젠가 필요한 순간이 올 것이다.
사용법: 줄을 잡아당기면 작동한다. 폭발까지는 3초.

"별일 없었지?"

옛날 사람들은 왜 책 사이에 폭탄을 끼워놓았던 걸까? 골똘히 생각하고 있는데 그 순간 철컹하는 소리와 함께 화장실 문이 열렸다. 엄마의 얼굴은 노을이 드리워진 것처럼 발갛게 상기되어 있었는데, 몇 시간 만에 조금은 더 늙어버린 것처럼 보였다.

이제 책을 덮고 도대체 오늘 하루 뭘 했는지 물어봐야겠다.

DAY 4

5시 15분.

자는 시간은 비슷한데 점점 더 일찍 일어나고 있다. 변기에 앉아 있는 나를 보더니, 엄마는 하수도가 아직 작동하는 건 우리 집이라서 가능한 일이라고 말했다.

"이게 다 거지 같은 정부 덕분이야. 잘난 척하던 니 친구네들은 다 난리 났을 걸."

엄마는 우리 아파트가 중력을 사용해 오물을 밑으로 떨어뜨리는 원시적인 방식으로 하수를 처리하고 있기 때문에 아직 변기를 쓸 수 있는 거라고 말해주었다. 전기로 오물을 분해해서 바로 에너지로 전환하는 최신 하수처리 시스템을 쓰고 있던 친구들은 아마 지금쯤 마루에다 똥을 싸고 있을 거라고 했다. 그걸 상상하니까 나도 모르게 웃음이 새어 나왔다. '야 민윤채, 넌 똥이 아래로 떨어지는 집에 산다며? 똥떨집, 똥떨집' 하면서 나를 놀리던 김상우와 박미르, 하채은 같은 애들 얼굴이 떠올랐다. 다시 만나면 놀려줘야지. 니네 마루에 싼 똥은 다 치웠니?

"어젠 어디 나갔다 온 거야?"

엄마는 또 벌레 통조림을 뜯어서 먹고 있었다. 엄마 입에 반쯤 들어간 벌레가 버둥거리는 게 눈에 들어왔다. 나는 눈썹을 찡그렸다.

"몰라도 돼."

"어떻게 몰라도 될 수가 있어? 여기에 몇 시간 동안 나 혼자 있었잖아. 얼마나 무서웠다고."

하나도 무섭지 않았지만 일단 그렇게 말했다. 그래야 무슨 말이라도 듣지.

"무서웠다는 애가 멀쩡하게 책에 일기를 쓰고 있어? 먹힐 거짓말을 해야지."

엄마도 만만치 않다. 하지만 여전히 궁금했다.

"밖엔 어때? 난리 났어?"

"당연하지. 전쟁 중인데."

"누가 누구랑 싸우는 거야? 누가 이겨? 누가 이기는 게 우리한테 좋아?"

"넌 몰라도 돼."

"또?"

엄마는 무슨 뜻인지 알 수 없는 표정을 지으며 화제를 돌렸다.

"너 통조림 먹었어?"

"배 안 고파."

나는 기분이 나빠져서 엄마한테서 돌아앉았다. 그래 봐야 겨우 몇십 센티 멀어진 거지만. 왜 나한테 자세하게 말해주지 않는지 이해할 수가 없었다. 이제 나도 다 컸는데. 나도 엄마 아빠 때문에 일생을 고통당하며 살아온 피해잔데. 눈을 감고 태어나서부터 지금까지, 내가 이 집에 태어나서 당해야만 했던 고난들을 하나하나 떠올렸다. 이것만으로도 하루가 다 갈 것 같았다. 일단 초등학교 1학년 입학식 때부터 시작해보면…….

"나갔다 올게. 문 잘 잠그고 있어."

엄마가 어깨를 치는 바람에 깼다. 그새 깜빡 잠이 들었던 모양이었다. 얼마나 시간이 지난 걸까. 엄마는 어제처럼 가방을 메고 이중문을 열고 나갔다. 나는 창문을 바라보았다. 아직 희미하게 남아 있는 빛이 엄마가 늘어뜨리고 간 가방 끈처럼 화장실에 길게 드리워져 있었다.

*

어릴 때 외할머니는 나한테 책 읽는 법을 가르쳐줬다.

정확히 말하면 진짜 종이책은 아니었다. 플라스틱으로 만든 조잡한 모형 같은 거였는데, 할머니 말로는 어느 미술관에 전시되어 있었던 거라고 했다. 플라스틱 책 안에는 동화도 있었다. 어떤 여자아이가 회중시계를 들고 있는 토끼를 따라 굴속에 들어갔다가 이상한 세상으로 가게 되는 내용이었다. 제목이 뭐였더라?

지금 생각해보면 (종이책이 아니라서 잡혀가진 않았겠지만) 그건 가정집에 가져다 놓기에는 꽤 위험한 물건이었다. 게다가 아빠는 종이책을 만들고 소유한 혐의로 구속된 전력이 있는 사람이니까! 그런 집이라면 책 비슷한 물건은 갖다 버리는 게 일반적이어야 하지 않을까? 그런데 우리 집은 그렇지가 않았다. 아빠만 그런 게 아니라 엄마며 외할머니며 다 똑같은 사람들이라 그랬던 것 같다.

어린 나는 책이 재미있었다. (이런 것도 유전일까?) 구체적으로 생각해보면 화면을 터치하거나 버튼을 누르는 게 아니라 '페이지'를 '오른쪽에서 집어 왼쪽으로 넘긴다'는 방법이 신기했던 것 같다. 책의 내용이야 당연히 기억나지 않지만 그래도 동화 속 '토끼굴'이라는 개념은 당시의 나에게도 흥미진진했다. 굴속에 들어가면 전혀 다른 세상이 펼쳐진다니!

어쩌면 그때 나에겐 토끼굴이 필요했었던 건지도 모른다.

*

여기까지 썼는데 엄마가 왔다. 오늘은 그만.

DAY 5

9시 20분.

일어나는 시간이 다시 늦어진 건 엄마 때문이다. 엄마는 밤새 제대로 잠이 들지 못했는지 계속 뒤척였다. 게다가 끙끙거리는 신음 소리 비슷한 걸 내는 바람에 나는 자다 말고 일어날 수밖에 없었다. UDC를 켜서 불빛을 비춰 봤더니 엄마는 온몸에 땀을 흘리고 있었다.

"왜 그래?"

엄마는 말없이 바지를 걷어 올렸다. 종아리에 피부가 뜯긴 것 같은 상처가 크게 나 있었다. 바지에는 이미 검붉어진 피도 묻어 있었다.

"미쳤어?"

나는 벌떡 일어나서 통조림이 쌓여 있는 세면대 아래 수납장을 뒤져 비상약이 든 상자를 찾아냈다. 소독약을 뿌리고 피부재생 연고를 듬뿍 발랐다. 상처는 꽤 깊어 보였다.

"아깐 이렇게 심하지 않았는데……."

중얼거리는 엄마를 쏘아보며 나는 비상약 상자를 소리 나게 닫았다. 자기 몸을 자기가 아껴야지. 자식도 있는데. 잔소리가 쏟아져 나왔지만 속으로만 삼켰다. 우리 집은 왜 엄마가 더 철이 없을까. 사춘기는 난데.

"대체 어딜 갔다 온 거야. 어?"

엄마는 고개를 끄덕이며 내일 말해주겠다는 말만 반복했다.

다시 잠을 청하려니 잠이 잘 오지 않았다. 엄마의 숨소리가 조금 편안해진 것 같아 안심도 됐다가, 너무 조용하면 갑자기 걱정이 되기도 했다. 엄마는 괜찮은 걸까? 밖에서 어떤 일을 당했길래? 도대체 무슨 일이 벌어지고 있는 걸까? 궁금하기도 하고 한편으로 걱정되기도 했다. 나쁜 생각이 꼬리에 꼬리를 물고 이어졌다. 엄마가 죽는 상상을 하니 견딜 수가 없었다. 난 이제 겨우 열다섯 살인데. 내 인생은 아빠가 없는 것만으로도 충분하다. 엄마까지 없어지면 안 된다.

*

오늘은 어두컴컴하고 흐렸다. 창문 밖에서 비가 올 것 같은 바람이 불어왔다. 엄마는 아침부터 또 벌레 통조림을 먹고 있었다. 짜증이 확 올라왔다.

"그것 좀 그만 먹어."

엄마는 눈을 동그랗게 떴다.

"벌레가 그렇게 좋아?"

엄마는 통조림을 다시 닫아 내려놓으며 말했다.

"나 이거 안 좋아해."
"근데 왜 먹어?"
"니가 안 먹으니까."
뭐라고 대답해야 할지가 떠오르지 않았다.
"이제 복숭아 세 개, 참치 다섯 개 남았어. 아껴 먹어."
엄마는 남은 벌레들을 한입에 털어 넣었다. 분명히 방금 전까지 배가 고팠는데, 더 이상 뭔가를 먹고 싶지가 않아졌다.

*

"오늘은 진짜 안 돼. 나가지 마."
또다시 주섬주섬 짐을 챙기고 있는 엄마에게 내가 말했다. 밤보다 상태가 안 좋아졌는지 다리를 움직일 때마다 절뚝거리는 게 눈에 띄었다.
"제발 좀!"
결국 소리를 빽 질렀다. 나도 모르게 눈에 물이 고였다. 왜 내 말을 무시하는 거지? 왜 대답해주지 않는 거지? 뭐가 어떻게 되고 있는 건지 나도 알고 싶어. 알고 싶다고!
"윤채야."
엄마가 낮은 목소리로 말했다. 솔직히 난 저 목소리가 싫다. 싫다기보다는 두렵다는 게 맞는 말일 거다. 엄마가 저렇게 목소리를 낮추면 보통 좋지 않은 얘기가 뒤따르기 마련이니까.

"니가 여기서 얼마나 답답할지 잘 알아. 쉽지 않겠지. 하지만 있잖아, 지금 밖은 지옥이야. 지옥이 뭔지 알아? 사람들이 서로 미워하고 싸우고 죽이고. 엄마 상처 같은 건 아무것도 아냐. 나가면 길에 막 사람들이 죽어 있어. 어린이나 노인이라고 봐주지 않아. 폭탄과 독가스에는 얼굴이 없어. 마음도 없지. 그냥 그 옆에 있으면 같이 죽는 거야."

"그러니까 엄마도 나가지 마."

내가 생각해도 논리적인 말이었다. 위험한데 왜 나가?

"엄마는 아빠랑 한 약속이 있어."

"아빤 죽었잖아."

"이 전쟁은 정말정말 중요한 전쟁이야. 만약 여기서 우리가 이기면 진짜 새로운 세상이 올 거야. 아빠가 꿈꿔왔던 세상 말이야. 엄마는 아빠랑 약속했어. 그런 세상이 올 때까지 살아남기로. 때론 죽는 것보다 더 오래가는 약속도 있는 거야."

"그게 무슨 세상인데?"

엄마는 내가 일기를 쓰고 있던 아빠의 책을 가리켰다.

"니가 자유롭게 읽고 쓸 수 있는 세상."

왠지 울고 싶은 기분이 들었다. 겨우 그런 세상을 위해서?

"윤채야, 이제 조금만 버티면 돼. 엄마가 찾고 있는 아빠 친구들이 있어. 그 사람들만 찾으면 돼. 그럼 엄마가 널 데리러 올게. 알겠지?"

나는 더 이상 말해봐야 소용없다는 걸 깨닫는다. 그리고 일단 져주기로 한다.

DAY 6

6시 15분.

엄마가 돌아오지 않았다.

나는 거의 밤을 새웠다.

*

8시 37분.

나에게 다른 선택지가 있었을까?

학교 가방에 남은 통조림을 모두 담았다. 방독면도 넣었다. UDC와 두꺼운 옷을 넣고, 시계도 챙겼다. 마지막으로 이 책도 담았다. 끝까지 고민하던 아빠의 책갈피는 따로 빼서 주머니에 넣었다.

화장실 이중문을 열 때는 심장이 쿵쿵거렸다. 밖에서 누가 기다리고 있다가 나를 덮칠 것만 같아서 몇 번이나 머뭇거리다가 나중에는 발로 문을 차고 나왔다. 민망하게도 밖에는 아무도 없었다. 그냥 내가 살던 집이었다.

집을 한번 돌아보니 기분이 이상했다. 아무도 없는데 마치 누군가가 지켜보는 느낌이었다. 엄마 방이랑 내 방을 한 번씩 둘러보다가 오싹해지는 기분 때문에 서둘러 빠져나왔다. 멈춰 있는 엘리베이터 대신 계단으로 내려갔다. 걸어 내려오는 19층은 꽤 길게 느껴졌다.

입구로 나가려는데 밖에서 웅성거리는 소리가 들렸다. 학교 아이들이었다.

"웬일이야 너네?"

김상우, 박미르, 하채은. 어쩌면 내가 싫어하는 애들만 왔을까.

"선생님이 너 데리러 가래. 학교 안 온다고."

김상우는 평소의 그 아니꼬운 말투로 말했다.

"뭔 소리야, 전쟁 중이잖아."

"전쟁?"

하채은이 어이없다는 표정을 지었다.

"전쟁 중이라고?"

김상우는 혀까지 내밀었다.

"그렇게까진 안 봤는데 너 정말 심각하구나."

박미르가 고개를 좌우로 흔들며 자기 UDC를 보여줬다. 담임선생님이 아이들에게 보낸 메시지였다.

—민윤채 집 근처 사는 너희들이 한번 들러봐 주렴. 윤채가 너무 걱정된다.

머리가 갑자기 혼란스러워졌다. 이 아이들은 뭘까? 나는 주위를 둘러보았다. 건물, 도로, 풍경, 날씨…… 모든 게 다 그대로인 것만 같았다. 엄마는 날 속인 걸까? 학교에서 선생님이 했던 말이 떠올랐다. 윤채야, 내가 정말로 널 위해 솔직하게 얘기해주는 건데, 너희 엄마 말을 다 믿어선 안 돼. 그게 니가 살 길이다. 그땐 그런 말을 하는 선생님이 정말 나쁜 사람이라고 생각했다. 하지만 그 말이 맞다면? 엄마 말이 다 거짓말이라면? 통합정부의 계급은 괜히 정해지는 게 아니다. 나쁜 일은 한 사람은 나쁜 계급을 받는다. 내가 나쁜 계급인 데는 다 이유가 있는 것이다. 결론이 어렴풋이 보이는 것 같았다. 엄마는 날 가두고 싶어 했던 거다. 자기처럼 나쁜 계급에 머물지 않고, 내가 아이들과 어울리고 이 사회에 잘 적응하는 게 못마땅했던 거다. 통조림이 다 떨어지면 엄마는 뭐라고 말할 생각이었을까? 내가 굶어 죽기라도 바랐던 걸까? 나는 어쩌면 이 아이들을 만난 게 행운일지도 모른다는 생각이 들었다. 그래도 날 생각해주는 사람들이 있었다니 조금 뭉클해지기도 했다. 오랜만에 아이들과 대화를 나누고 있다는 사실이 기쁘면서도 슬펐다. 아니, 정확하게는 그걸 기뻐하는 내가 슬펐다.

"날 걱정했다고? 너희가?"

나는 박미르의 UDC를 돌려주며 말했다. 말은 그렇게 했지만, 발걸음은 벌써 학교 쪽을 향하기 시작했다. 그래, 화장실에 갇혀 있는 것보단 수업이 낫지.

"빨리 가야 돼. 지각 안 하려면."

하채은이 앞장섰다. 김상우가 뒤를 따르고, 박미르는 내 뒤에서 걸었다. 한 줄로 걸어서 학교에 가는 길이라니. 이 장면을 위에서 보고 있다고 생각하니까 우스워서 저절로 미소가 지어졌다.

김상우의 흰 운동화 아래 묻은 갈색 반점들이 눈에 들어온 건 그때였다. 저게 뭘까? 생각하다가 그게 뭔지 깨닫는 순간 온몸에 소름이 돋았다. 똥이었다.

"잠깐만."

내가 말하자 아이들이 모두 멈춰 섰다.

"나 갑자기 배가 아파서 그런데, 화장실 좀 갔다 올게."

"학교에서 가면 되지."

박미르가 퉁명스럽게 말했다.

"아냐, 우리 집으로 가야 돼."

"뭔 소리야, 지금……."

김상우가 뭐라고 말을 하려고 할 때 하채은이 눈짓을 하면서 말을 막았다. 나는 더 확신했다.

"금방 다녀올게. 십 분이면 돼."

아이들이 반원 형태로 나를 둘러쌌다. 나는 곁눈질로 뒤쪽을 바라봤다.

"안 돼. 선생님이 바로 데려오라고 했단 말이야."

김상우가 하채은 눈치를 보면서 말했다.

"그래?"

나는 쭈그려 앉아서 손가락으로 상우의 신발을 가리켰다.

"근데 너 운동화에 묻은 거 뭐야?"

"뭐가?"

"그거 똥이지."

아이들 표정이 변했다. 하채은이 잽싸게 UDC를 꺼내 어디론가 전화를 걸기 시작했고, 김상우와 박미르는 얼굴이 붉어진 채 나에게 다가왔다. 나는 몸을 일으키는 척하다가 뒤돌아 뛰기 시작했다. 전속력으로.

*

심장이 터질 것 같다는 표현을 여기저기서 많이 보고 듣긴 했지만 몸으로 느껴보기는 처음이었다. 달리기 시작하자 이곳저곳에서 기다렸다는 듯 폭탄이 터지기 시작했다. 조용하게 있기로 약속이라도 한 것처럼 평온하던 거리가 순식간에 난데없는 굉음과 매캐한 냄새로 뒤덮였다.

쫓아오던 아이들을 겨우 따돌렸다고 생각한 순간, 머리 위쪽에서 검은 비히클 무리가 나타났다. 하채은이 신고한 건가. 속도를 더 내보려고 했지만 더 이상은 숨이 차서 뛸 수가 없었다. 내가 무릎을 잡고 숨을 헐떡거리고 있는 사이 비히클 네 대가 내 앞뒤로 두 대씩 내려앉았다. 웅웅거리는 엔진 소리가 바람 소리처럼 귀를 파고들었다.

"신고가 들어왔는데."

나와 가장 가까운 비히클에서 내린 검은 제복의 아저씨가 말했다. 상의에 커다란 주머니가 양쪽으로 달린 근사한 옷이었다. 나머지 비히클에서는 아무도 밖으로 나오지 않았다.

"가방 좀 볼까?"

나는 순순히 가방을 내밀었다. 참치 통조림과 복숭아 통조림, 바람막이 점퍼, 시계, 방독면이 차례로 나왔다. 그리고 마침내 책이 등장한 순간, 아저씨 얼굴이 굳어졌다.

"같이 좀 가야겠다."

아저씨는 책을 다시 가방에 넣고 내 팔을 붙잡았다. 비히클 문이 열리자 그 안에 또 다른 제복이 보였다. 검은 입구는 마치 토끼굴처럼 보였다. 저기로 들어가면 나는 어떤 세계로 나가게 될까? 이대로 끌려가면 안 된다는 생각이 강하게 들었다. 엄마를 만나기는커녕 아까 아이들을 따라 학교에 간 것만도 못할 것이다. 아저씨가 나직하게 뭐라고 말을 하자 나머지 비히클 세 대가 거센 바람 소리를 내면서 먼저 하늘로 떠오르기 시작했다.

"잠깐만요."

아빠 말을 믿을 수 있을까? 다른 방법은 없었다.

나는 주머니에서 책갈피를 꺼내 줄을 잡아당긴 다음, 아저씨 윗옷 주머니에 꽂았다.

하나.

둘.

그리고 가방을 빼어 들고 다시 달리기 시작했다.

DAY 7

엄마는 전쟁 통에 일기를 쓰면 유명해지는 거라고 말해줬다. 하지만 난 유명해지는 것엔 별로 관심이 없다. 그냥 궁금할 뿐이다. 쓴다는 건 뭘까? 책으로 남는다는 건 어떤 기분일까?

하마터면 어제 나는 영원히 일기를 쓰지 못할 뻔했다. 아빠 말은 거짓말이었다. 폭발까지는 3초면 된다더니. 셋을 셌지만 책갈피는 터지지 않았다. 제복 입은 아저씨는 나를 거의 붙잡을 뻔했다. 다섯에라도 터지지 않았더라면 정말 큰일 났을 거다. 아저씨는 쓰러졌고, 이미 하늘로 날아가 버린 비히클들은 돌아오지 않았고, 비히클 안에 있던 제복 입은 사람은 나를 잡기보다는 자기 동료를 먼저 챙겼다.

"그 사람들의 작은 무관심과 동료애가 널 살린 거구나."

엄마는 논평하듯이 말해서 또 내 기분을 상하게 했다. 그게 아니라고. 내가 얼마나 죽어라 뛰었는데. 하여간 엄마들 눈에는 자식이 노력한 부분을 잘 알아보지 못하게 하는 특수 렌즈가 씌워져 있는 게 분명하다. 아무튼 나는 거기서 다시 도망치다가 이번엔 낯선 두 어른을 마주쳤다. 제복은 아니었지만 어둡고 칙칙해 보이는 옷들을 입고 있는 데다가 고글에 간이 방독면까지 쓰고 있어서 썩 좋아 보이는 인상들은 아니었다. 등 뒤에는 총인지 미사일인지 무겁고 무서워 보이는 무기들을 주렁주렁 매달고 있기까지 했다. 이번에는 정말 죽었다고 생각했다. 아니 더 이상은 도망갈 힘도 의지도 없었다. 그저 날 두고 혼자 나가버린 엄마가 원망스러웠을 뿐.

아니나 다를까 그 사람들도 나를 붙잡았다. 한 명이 뒤에서 내 몸을 고정하고 다른 한 사람이 내 가방을 뺏어 들었다. 통조림, 바람막이 점퍼, 방독면, 시계, 그리고 책. 방금 전 장면이 리플레이처럼 반복됐다.

"이거 어디서 났어?"

책을 발견한 사람이 물었다. 표정은 보이지 않았지만 목소리를 들어보니 여자 같았다. 죽는 마당에 뭐 나야 거리낄 게 없었다.

"아빠가 줬어요. 참고로 우리 아빤 죽었고요."

여자는 고갯짓을 하더니 나를 붙잡고 있던 사람에게 책을 건넸다. 풀려난 나는 자연스럽게 두 사람 사이에 섰다. 도망치고 싶었지만 다리가 콘크리트처럼 무거웠다. 책을 확인한 사람은 뭐가 놀라웠는지 책을 다시 돌려주고 아까보다 더 세게 나를 붙들었다. 그렇게 잡으면 아프다고 말하고 싶었지만 꾹 참았다. 두 사람은 나를 양쪽에서 붙잡고 건물 뒤로 데려갔다. 그리고 나를 커다란 고슴도치처럼 생긴 차에 태워 여기까지 데리고 왔다.

"엄마 보고 기분이 어땠어? 반가웠지?"

엄마는 뭐가 즐거운지 웃고 있었다. 어제 나를 만났을 때도, 지금도.

"딸이 죽을 뻔했는데 웃음이 나와?"

"그러게 누가 밖으로 나오랬니. 가만히 있으라고 했지."

"가만히 있으면 뭐, 죽기밖에 더 해?"

낯선 복장의 사람들이 나를 데려온 곳은 〈비블리온 39〉였다. 아빠 책의 마지막에 적혀 있던 이해할 수 없었던 단어. 〈비블리온 39〉는 종이책을 만들고 보관하는 반정부조직 비블리온의 39번째 지부를 뜻하는 말이었다. 다 쓰러져가는 건물 뒤로 돌아가자 차 한 대가 내려갈 수 있을 만한 지하 통로가 있었고, 주차장처럼 원형의 통로를 돌아돌아 내려가니 비밀스런 공간이 나왔다. 사람들이 생활하는 곳은 지하 7층부터였는데, 엄마는 여기 있는 동료들과 함께 통합정부에 대항해 싸우고 있다고 했다. 이 전쟁은 금방 끝나지 않을 거라고, 하지만 꼭 이길 거라는 말도 했다. 아빠와 알고 지냈다는, 그렇지만 나는 전혀 모르는 사람들이 계속 와서 인사하고 악수를 청했다. 네가 윤채구나. 벌써 이렇게 컸어? 아빠 얼굴이 있네. 엄마 아는 사람들을 만나면 항상 듣는 3종 세트 이야기를 나는 저녁 내내 지겹도록 들어야 했다.

저녁 식사 자리에서 사람들은 샐러드와 살아 있는 벌레를 먹었다. 나는 꿈틀거리는 벌레를 보는 것만으로도 충분히 끔찍해서 샐러드와 가지고 온 참치 통조림을 땄다. 어른들은 붉은 와인을 마셨는데, 엄마가 먹기 전에 "산 자에게는 용기를, 죽은 자에게는 평화를"이라고 외치자 모두 잔을 들고 그 말을 따라 했다. 엄마는 나도 어른이 되면 와인을 마실

수 있다고 했다. 나는 내가 오래전부터 어른이었다고 말하지 않았다.

*

식사가 끝나고 엄마와 둘만 남게 됐을 때 나는 물었다.

"왜 일주일만 버티면 된다고 했어?"

엄마는 조금 멋쩍어하면서 답했다.

"원래 계획은 일주일 만에 이기는 거였거든."

그런 다음 조그맣게 덧붙였다.

"근데 계획대로 안 되네."

세상 모든 일이, 하다못해 학교 숙제도 계획대로 되지 않는다는 건 나도 안다. 그러고 보면 어른들이란 참 이상하다. 자기들이 평소에 버릇처럼 하던 말도 자기 자신에게는 적용하지 못한다. 나도 나중에는 그렇게 될까?

주위를 둘러보니 다양한 사람들이 각자의 일을 하고 있다. 누구는 설거지를 하고, 누구는 식탁을 정리하고, 누구는 상처를 치료하고, 누구는 무기를 정비한다. 이 모든 일이 정부와 벌이는 전쟁을 위해서라는 사실이 새삼스러우면서도 놀랍다. 서늘하고 고요한 공기가 사람들 사이를 떠다닌다.

"여기가 진짜 토끼굴이네."

나도 모르게 중얼거렸다.

"뭔 굴?"

외할머니가 읽어 준 책의 제목이 드디어 생각났다. 『이상한 나라의 앨리스』. 엄마는 그 책을 읽지 않은 게 틀림없다.

*

빈칸이 줄어든다.

아빠의 책을 앞쪽에서부터 다시 읽는다. 아빠가 겪었던 일들이 자세하게 적힌 그 글에는 아빠가 들어 있는 듯한 기분이 든다. 적어도 읽는 동안 나는 아빠가 된 것만 같다. 사람들은 그래서 책을 읽으려고 하는 건지도 모르겠다. 겪지 않은 일을 경험할 수 있으니까. 읽는 동안만큼은 다른 사람이 될 수 있으니까.

마지막에 적힌 아빠의 글에서 전에는 지나쳤던 인상적인 구절을 발견한다. '부디 우리가 서로에게 서로의 다음 페이지가 되기를.' 아빠는 언젠가 내가 이 책을 읽게 될 거라는 걸 알았을까? 저 '우리'가 만약 아빠와 나라면. 내가 아빠의 다음 페이지라면. 그렇다면 우리는 한 권의 책이 될 수 있을까?

*

11시 58분.

이제 잘 시간이다. 시계를 가져다 놓은 〈비블리온 39〉 지하 7층의 화장실 욕조에서, 나는 마지막 하나 남은 복숭아 통조림을 딴다. 달큼하고 향긋한 냄새가 코끝을 간지럽힌다. 앨리스의 이야기는 꿈으로 끝났지만, 내 이야기는 아직 어떻게 끝날지 모르겠다. 우리는 이길 수 있을까? 전쟁은 어떻게 끝날까? 엄마와 나는 살아남을 수 있을까? 나를 괴롭혔던 아이들은? 아빠는 이 모든 걸 알고 있었을까?

하지만 내가 지금 정말로 궁금한 건 딱 한 가지뿐이다:

내일 나는 어떤 일기를 쓰게 될까?

폭수

폭수

『육식주의자 클럽』(해피북스투유, 2018) 수록작

1

나가려던 시간보다 한 시간이나 늦게 집을 나선 건 두통 때문이었다. 원래 계획은 미리 근처에 도착해 질문 리스트도 점검하고 커피도 한잔 마시는 거였지만, 이젠 서두르지 않으면 약속 시간에 늦을 것 같았다. 나는 서둘러 계단을 내려가기 시작했다. 계단참에 크게 난 창 너머로 청명한 가을 하늘이 눈에 들어왔다. 밤새 거세게 내리던 비가 완전히 그친 모양이었다. 잠시 멈춰 높고 푸른 이국의 하늘을 바라보고 있자니 이게 다 무슨 소용인가, 내가 왜 이런 짓을 하고 있나 하는 생각이 들었다. 따지고 보면 두통도 이놈의 인터뷰 때문이었다. 하기 싫은 걸 준비한다고 밤을 새우다시피 했으니 몸이 멀쩡할 리가. 기분 탓인지 괜히 속까지 더부룩

하게 느껴졌다. 나는 억지로 걸음을 재촉했다.

미국에서 언어학 석사 과정 마지막 학기를 보내고 있는 내게 한국 모교의 객원 잡지기자는 말 그대로 호구지책이었다. 내가 맡은 임무는 두 달에 한 번 편집장이 정해주는 인물을 인터뷰한 뒤 기사 형태로 정리해서 보내주는 일이었는데, 솔직히 말하면 꽤나 귀찮고 보상도 별로였다. 그런데도 하지 않을 수 없는 이유는 첫째, 한 푼이라도 돈이 아쉬운 입장에선 그나마 용돈벌이라도 해야 했기 때문이었고 둘째, (실은 이게 더 직접적이고 중요한 이유인데) 내 한국인 지도교수가 소개해준 일거리였기 때문이었다. 모교의 잡지 편집부 지도교수와 같은 학번인 내 지도교수는 자신이 나에게 굉장한 은혜를 베풀었다고 생각하고 있었다.

"이역만리 타국에서 같은 한국인에 같은 학교 선배를 지도교수로 만나다니 너는 전생에 덕을 참 많이 쌓았나 보구나. 그것도 모자라 교수가 파트타임 일거리까지 알아봐 주다니, 요새 젊은 애들 하는 말로 넌 전생에 지구를 구한 게 틀림없다."

석사 첫 학기에 그 말을 들으며 소름이 끼쳤던 건 농담 같은 말투와 달리 지도교수의 눈빛이 너무 진심이었기 때문이었다. 순간 난 직감적으로 깨달았다. 아, 이건 하기 싫다고 안 하거나 그만둘 수 있는 일이 아니구나. 그때부터 벗어날 수 없는 굴레가 시작됐다. 벌써 2년 전 일이었다.

내가 쓰는 코너의 이름은 〈미국 특파원 K군의 자랑스러운 K스타〉였다(분명히 말해두지만 내가 정한 게 아니다). 주로 미국에서 성공한 교민들의 이야기를 〈성공시대〉 스타일로 잘 풀어서 전달하는 게 이 꼭지의 목표였다. 이제까지 인터뷰한 사람들 중 몇몇의 면면을 보면,

1. 세탁소를 운영하다가 의류 사업에 뛰어들어 대박이 난 교포 사업가 L씨
2. 오래된 헌 집을 사들여 잘 고친 다음 이를 비싼 값에 되팔아 부동산 재벌이 된 S씨
3. 시각장애를 갖고 태어났지만 이를 잘 수용하여 시카고 교향악단의 일원이 된 비올리스트 M씨

등이었다. 대개 학교가 위치한 중부를 기반으로 유명세를 탄 인물들이라 되도록 찾아가서 인터뷰를 했고, 부득이한 경우에만 이메일을 통한 서면 인터뷰로 대신했다. 나는 당연히 후자를 선호했는데, 이유는 쓸데없는 시간 낭비가 없고 굳이 기름값 써가며 멀리까지 갈 필요가 없기 때문이었다. 하지만 언어학과 교수임에도 불구하고 말보다 중요한 게 '비언어적 의사소통'이라고 굳게 믿는 지도교수 때문에

고작 한 시간짜리 인터뷰를 위해 왕복 네댓 시간을 운전해서 오가는 일이 다반사였다.

처음 인터뷰를 시작할 때는 성공한 사람들에 대한 호기심과 허황된 기대 덕분에 가벼운 흥분 상태를 경험하기도 했다. 그들에게 받을지도 모르는 유무형의 혜택이라든가, 인생의 교훈이라든가, 인맥 형성 같은 부수입에 더 관심이 있었던 것이다. 그러나 실제로 그들을 만나 이야기를 해보면 단 몇 시간, 때론 몇 분 이내에 모든 환상이 깨져버리고 말았다. 그들은 자신의 성공담을 지나치게 미화, 각색, 편집하여 마치 잘 짜인 오디오북처럼 재생하거나(비올리스트 M씨), 성공 과정에서 저지른 각종 불법과 편법은 물론 범죄에 가까운 사기 행위들을 되레 무용담처럼 늘어놓거나(부동산 재벌 S씨), 물질만능주의에 사로잡힌 나머지 돈 버는 데 성공하지 못한 다른 보통 사람들을 지나치게 폄하하여 인터뷰를 하는 나까지 모멸감이 들게 하는(사업가 L씨) 사람들이었다. 간혹가다 정말 존경할 만한 사람을 만나는 경우도 없진 않았지만, 대개는 이 세 가지 패턴을 크게 벗어나지 않았다. 나중에는 정말로 성공에 어떤 정해진 공식 같은 것이 있나 하는 생각이 들 정도였다. 물론 부정적인 쪽으로.

인터뷰이는 대개 한국에서 정해주는 경우가 많았는데, 이번에는 특별히 지도교수가 직접 섭외를 해 왔다. 수학과의

오상택 교수. 그는 처음 이 코너를 시작할 때부터 지도교수가 습관처럼 입에 올리던 사람이었다. 젊은 천재 수학자이자 한국인 최초의 필즈상 수상자. 한동안 한국과 미국 두 나라 모두에서 화제였던 그는 수학에 문외한인 나조차도 이름을 알고 있을 정도로 유명 인사였다. 하지만 그래서 뭐? 나는 아무 감흥도 없었다. 그저 천재답게 지나치게 괴팍하거나 의사소통이 어려워서 날 괴롭게 하지 않았으면 하는 바람뿐이었다.

계단 끝자락에 이르러서야 나는 이 일의 긍정적인 면을 생각하려 애썼다. 좋았던 건 딱 두 가지였다. 하나는 그의 연구실이 호수 쪽이기는 하지만 캠퍼스 안에 있어 기숙사에서 차로 십오 분밖에 걸리지 않는다는 점. 또 하나는 이번이 내가 하는 마지막 인터뷰가 될 거라는 점. 물론 더 좋은 건 후자였다.

2

주차장에 세워둔 2001년형 남색 코롤라는 어제 내린 폭우를 그대로 맞아서인지 여기저기 물 자국이 보기 흉하게 남아 있었다. 나는 차 안에 쑤셔 넣은 휴지 조각을 꺼내 몇 개를 지워보려다가 금세 포기하고 차에 올랐다. 네비게이션에 오상택 교수의 연구실이 있는 빌딩을 찍자 십삼 분이 걸린다고 나왔다. 나는 액셀을 세게 밟아 미시간 호수 쪽으로 향했다.

—오늘이 인터뷰라고 했지? 마지막 인터뷰니까 유종의 미 거두길. 수고.

중간쯤 신호 대기에 걸려 확인해본 휴대전화 화면에는 지도교수의 메시지가 떠 있었다. 꼼꼼도 하셔라. 내 석사논문도, 박사과정 추천서도 이렇게 꼼꼼히 지도해주셨다면 참 좋았을 텐데.

무시하고 싶었지만 그의 메시지 중 '마지막'이라는 말이 운전하는 내내 마음에 남았다. 처음엔 그저 홀가분하다고만 생각했던 마지막인데, 생각해보니 꼭 그렇지만도 않았다. 마지막 인터뷰. 마지막 학기. 마지막 논문. 갑자기 내 인생의 모든 것이 마지막에 해당하는 것 같은 기분이 들었다. 조수석에 아무렇게나 흩어져 있는 편지 봉투들이 눈에 들어왔다. 총 6개의 편지는 모두 똑같은 내용을 담고 있었다. '귀하를 본교 박사과정에 초대하지 못하게 되어 유감스럽게 생각합니다.' 온갖 미사여구를 동원해 나를 위로하려 하는 말들이었지만 결론은 하나였다. 불합격. 모든 것을 에둘러 말하는 나라에서 몇 년 살다 보니 이제는 이곳 사람들의 완곡어

법에 넌더리가 났다. 이럴 바엔 차라리 편지지에 엑스 자 하나만 그려서 보내주는 게 더 낫겠다 싶었다. 불합격자들은 아예 명단에 없는, 잔인하다고 생각했던 고국의 발표 방식이 차라리 인간적이었다. 읽으나 마나 한 수사들로 가득 들어찬 거절 편지를 보면 멀미가 날 지경이었다.

처음 미국에 건너올 때만 해도 나에겐 원대한 꿈이 있었다. 비록 박사과정에 떨어져 석사 유학을(그것도 자비로) 오긴 했지만 나는 석사를 마치는 대로 박사과정에 들어갈 것이며, 훌륭한 석사논문과 나를 인정한 미국 교수들의 추천서를 발판 삼아 더 좋은 학교로 옮길 거라고. 그렇게만 되면 한국에서 바로 박사 유학을 오지 못한 것은 실패가 아니라 전화위복의 계기가 될 것이며, 박사 이후 치열한 잡마켓에서 자리를 잡는 데도 더 유리하게 작용할 거라고, 진심으로 믿었다. 그러나 석사 마지막 학기까지 논문은 표류 중이었고, 추천서를 써 달라는 말에 여러 교수가 난색을 표했으며, 최종 학점은 그저 그런 데다 겨우겨우 지원했던 여섯 군데의 박사과정에서는 같은 내용의 답장이 왔다. 여권에 찍혀 있는 비자 만료일은 이제 두 달도 남지 않았다. 그걸 넘기면 말로만 듣던 불법체류가 시작되는 거였다.

그 와중에 한국의 부모는 결혼할 처자를 찾으라고 성화였다. 내 한 몸 건사하고 공부 따라가기만도 벅찬데 이역만리에서 신붓감 찾기라니. 물론 한국인 유학생이 없는 건 아니었지만, 각자도생에 바쁜 그들이 내게 관심 있을 리가 없었다. 연애라는 게 서로 눈이 맞고 마음이 맞아야 시작되는 거지 어디 남자 쪽에서 사냥감 사냥하듯 돌아다닌다고 되는 일이던가. 누군가 교회를 가보라고 해서 몇 달 나갔었는데 (부모는 불교였지만 내가 사람 만나러 교회 나간다는 말에는 뛸 듯이 기뻐했다) 여자는 많았지만 얼마 후 부흥회인지 뭔지 하는 행사에서 정상이라 할 수 없는 집단 환각 증상을 목격한 이후에는 연애고 뭐고 아예 발길을 끊어버렸다.

부모의 압박은 얼마 전인 추석 직후 최고조에 달했다. 친척들 모임에서 무슨 소리를 들었는지는 몰라도 엄마는 공부고 뭐고 다 때려치우고 들어와 결혼이나 하라고 했고 아버지는 나를 밑도 끝도 없이 '불효자'라고 불렀다. 그동안은 그들이 부쳐주는 학비와 생활비 때문에 잘 참아왔지만 그날은 모든 게 너무도 짜증났다. 나더러 어쩌라는 건지 도무지 이해할 수도 없고 이해하고 싶지도 않았다. 전화를 끊고 냉장고에 있던 맥주를 몽땅 꺼내다 마신 뒤 약간 취해버렸는데, 저쪽에서도 분이 다 안 풀렸는지 또 전화가 왔다. 이상하게 기분이 착 가라앉은 나는 아까처럼 화를 내거나 소리를 지르는 대신 하지 말아야 할 말을 내뱉고 말았다.

"제발 그만 좀 하세요. 여자 친구 생겼으니까."

말이 끝나기가 무섭게 정신이 번쩍 들었다. 얼굴이 화끈거리고 술이 단번에 깼다. 그냥 농담이었다고, 장난이라고, 그 말을 거둬들일 타이밍을 찾았다. 그러나 부모는 처음엔 당황하다가 곧 반색하며 반겼고, 그간 자신들의 무례를 전광석화처럼 사과했으며, 당연히 캐묻기 시작했다. 그리하여 우물쭈물하는 사이 '노스웨스턴대학에서 커뮤니케이션을 전공하는 한국 사립 여대 출신의 내성적인 스물아홉 살 아가씨' 한 사람이 만들어졌다. 하나님도 사람을 창조하는 데 하루가 걸렸다는데, 불과 몇 분 만이었다.

"참, 그 처자 이름이 뭐니?"

전화를 끊을 때쯤 엄마가 물었다. 나는 완전히 지쳐 있었고, 천지창조에 쏟아부은 에너지 때문에 더는 한마디도 하고 싶지 않은 기분이었다. 오직 전화를 끊기 위해 나는 마지막 말을 덧붙였다.

"은주요."

3

목적지인 빌딩 앞에 차를 세운 것은 약속 시각 오 분 전이었다. 속도 규정을 무시하고 밟았더니 시간을 삼 분이나 단축해서 결국 십 분 만에 도착한 셈이었다. 차에서 내리자 줄지어 늘어선 나무 사이로 탁 트인 호수가 눈에 들어왔다. 남한의 절반보다 크다는 미시간 호수였다. 건물은 호수 옆에 완전히 붙어 있었는데, 각 방마다 호수를 바로 내려다볼 수 있는 큰 창이 나 있었다. 이런 곳에 연구실을 가진 교수는 행복하겠다는 생각이 절로 들었다.

나무 가까이 다가가니 온통 붉고 노랄 줄만 알았던 나뭇잎들은 군데군데 여전히 초록빛을 간직하고 있었다. 그 뒤로 누군가 호수라고 말해주지 않는다면 바다라고 착각할 법한 푸른 물빛이 오후의 햇살을 받아 반짝거렸다. 바람이 불 때마다 바스락거리는 소리와 함께 어디선가 나뭇잎이 타는 것 같은 가을 특유의 냄새가 났다. 흙냄새 비슷한 이 냄새를 맡으면 늘 어린 시절 해 저물 때까지 놀다 내려오던 고향 뒷산 생각이 났다. 저녁 무렵 두 손 가득 흙을 묻히고 집에 돌아오면 엄마는 밥 먹기 전에 손부터 씻으라고 성화였다. 하지만 그 냄새가 영 싫지 않았던 나는 몰래 그냥 식탁에 앉아 밥을 먹다가 혼나기 일쑤였다.

나는 나무 아래 서서 한동안 호수를 물끄러미 쳐다보았다. 규칙적인 듯하면서도 불규칙한 물결의 반짝임은 세상의 시끄러운 소문이나 나의 불확실한 미래 따위에는 관심도 없다는 듯 무심하게 반복됐다. 영원하지 않은 것이 분명한데도 영원이라는 단어를 떠올리게 하는 그 광경은 묘하게 감동적인 데가 있어서, 나는 인터뷰고 뭐고 그냥 여기 어디 벤치에 앉아 해가 다 저물 때까지 호수를 지켜보고 싶은 기분이 들었다.

하지만 정확히 오 분 뒤 나는 오 교수의 연구실 문을 두드리고 있었다. 노크를 해도 문이 열리지 않아 직접 열고 들어갔더니 오 교수는 호수 쪽으로 난 창 앞에 서서 뒤를 돌아보지도 않았다. 나는 호수 대신 오 교수의 뒷모습만 한참 동안 바라봤다. 하늘색 옥스퍼드 셔츠에 베이지색 치노 팬츠를 입고 있는 그는 일견 평범해 보였지만, 자세히 들여다보면 어울리지 않는 녹색 위빙 벨트라던가 회색 뉴발란스 운동화 같은 것들이 은근히 거슬렸다. 사람이 들어왔는데 인사는커녕 뒤조차 돌아보지 않는 무례에 화가 좀 났다. 도대체가 성공한 사람들 중에는 제대로 된 인간이 없다고 생각하는 사이, 갑자기 그가 뭔가를 손에 쥐더니 창밖으로 힘껏 던졌다. 나는 황당하기도 하고 어이가 없기도 해서 그에게 뭔가를 말하려다가 이내 그만두었다. 그는 그러고도 한참을 더 밖을 내다보다가 뒤를 돌았다.

"앉으시죠."

그는 앳돼 보이는 얼굴로 말했다. 사진에서 본 것보다 열 살은 더 젊어 보였다.

"이메일 드렸던 강……."

"알고 있습니다."

다시 소개를 하려 했지만, 오 교수는 웃으며 내 말을 잘랐다. 그는 연구실 가운데 놓인 탁자 옆 의자를 권하며 물었다.

"배 교수님 모교 잡지라고 했나요?"

나는 대답 대신 고개를 끄덕이며 자리에 앉았다. 직사각형의 탁자 한쪽에는 가족사진이 담긴 액자가 놓여 있었다. 오 교수와 아내, 그리고 아들로 보이는 사내아이가 호수를 배경으로 함께 활짝 웃고 있는 사진이었다.

"이번 달에만 벌써 세 번째 인터뷰입니다. 올해 한 걸 다 합치면 열일곱 건이에요. 상당히 많은 수치죠. 그래서 한번 이 데이터에서 어떤 유의미한 공통점을 도출해낼 수 있을까 생각해봤습니다. 대략 서너 가지 정도로 정리가 되더군요. 첫째, 어느 매체에서 오든 비슷한 질문을 한다. 둘째, 내가 관심 있는 것보다는 자신들이 관심 있는 것을 묻는다. 셋째, 인터뷰보다 사진 찍는 게 더 중요하다. 넷째, 이미 다른 사람이 한 인터뷰는 읽지 않고 온다."

오 교수는 맞은편에 앉아 내 쪽을 쳐다보며 물었다.

"강 선생님은 어느 쪽입니까?"

나는 당황했다. 그가 나를 선생님이라고 불렀기 때문만은 아니었다. 이번 인터뷰가 쉽지 않을 거라고는 진작에 생각했었지만 이건 내가 예상한 그림과는 많이 달랐다. 그는 말을 잘했고 능수능란해 보였으며 사회성이 떨어지는 사람 같지 않았다. 오히려 그 반대였다.

"무슨 말씀이신지……."

"일단 사진기자와 함께 오지 않으셨으니 삼 번은 제외군요. 일 번, 이 번, 사 번은 사실 일맥상통하는 면이 있고요. 어떤 질문을 가져오셨습니까?"

나는 얼굴이 조금 붉어지는 것을 느꼈다. 어젯밤 그의 인터뷰를 찾아 읽기는 했지만 그건 남들이 한 질문을 피하기 위해서가 아니라 베끼기 위해서였기 때문이다. 가방 속에는 아직 꺼내지 못한 질문지가 들어 있었다. 그러나 손을 내밀어 꺼낼 용기가 나지 않았다. 어쩐지 속을 들킨 것만 같아 부끄러웠다.

"이제까지 선생님께서 하신 인터뷰와 크게 다르지 않을 겁니다."

나는 방어적으로 말했지만, 속으로는 체념했다. 이젠 인터뷰까지 망치게 되는구나. 되는 일이 없어도 어쩌면 이렇게 없을까. 지도교수 말대로 유종의 미를 거두긴 거두는 셈이었다. 정반대 방향으로.

"두 가지 방법이 있습니다."

오 교수가 말했다. 남의 속도 모르고 그는 여전히 희미한 미소를 띠고 있었다.

"하나는 이제까지 제가 했던 인터뷰대로 진행하는 겁니다. 강 선생님이 준비해온 질문을 던지고, 제가 대답합니다. 순조롭게 진행된다면 삼사십 분이면 충분할 겁니다. 아니, 어쩌면 질문 자체가 필요 없을지도 모르겠습니다. 저에게도 이미 익숙한 질문들일 테니까요. 제가 쭉 대답만 하는 식으로 진행한다면 시간을 더 단축할 수 있을지도 모릅니다."

이건 또 무슨 소린가 싶었다. 인터뷰 자동 재생이라도 하겠다는 건가?

"다른 하나는요?"

내가 묻자 희미하던 오 교수의 미소가 분명해졌다.

"제가 질문을 하는 겁니다."

그가 말했다.

4

아주 잠깐 동안 연구실 안에 정적이 흘렀다. 대화를 하다 보면 나를 둘러싼 우주가 정지하는 것처럼 느껴지는 순간이 있다. 말이 끊기거나 허를 찔리거나 기분이 상하거나 뭔가를 깨닫게 되는 순간들. 이제까지 흐르던 하나의 흐름이 끊기고 다른 흐름으로 변화하는 변곡점이 생성되는 지점들. 그의 말에 나는 우리 사이에 점 하나가 솟아오르는 것을 느꼈다. 그리고 동시에 혼란스러워졌다. 잊어버리고 있던 두통이 다시 살아나 인상을 조금 찡그렸다.

"…… 그럼 저는 질문을 못 하는 건가요?"

뱉어놓고 보니 바보 같은 질문이었다.

"그렇진 않습니다. 정말로 궁금한 것들이라면 물어보셔도 좋아요. 다만 나는 대화를 하고 싶다는 겁니다. 궁금하지도 않은 걸 의무감으로 묻고 대답하는 행위 말고."

오 교수가 말했다.

듣고 보니 나쁘지 않은 제안이었다. 진짜 '대화'를 하자는 말은 언제나 그럴듯하게 들리는 법이다. 하지만 한편으로는 걱정도 됐다. 지독하게 재미는 없었지만 나중에 글로 정리했을 때 그럭저럭 괜찮은 평을 들었던 인터뷰들이 생각났다. 반대로 분위기도 좋고 화기애애했는데 막상 글로 옮길 때는 쓸 말이 없어 고생했던 인터뷰들도 떠올랐다. 의무감으로 던지는 질문들은 지루하고 볼품없어 보이지만 반드시 확실한 결과를 남겨준다. 반대로 즉흥적이고 생생한 대화들은 그 당시에는 즐겁고 살아 있는 느낌을 주지만 지면으로 옮겨지고 나면 생기를 잃고 죽어버린다. 그게 이제까지 내가 경험으로 체득한 인터뷰의 아이러니였다.

"강 선생님은 어떤 연구를 하십니까?"

내가 그의 말을 어디까지 받아들여야 할지 고민하는 사이, 오 교수가 선제공격을 날렸다. 그의 눈은 호기심으로 빛나고 있었다.

"뭐, 별거 아닙니다."

나는 말하기가 부끄러워 얼버무렸다. 인터뷰하러 와서 되레 인터뷰를 당하고 있는 기분이었다.

"그래도 말씀해주시죠. 궁금한데요. 혹시 내가 못 알아들을 주제입니까?"

"아뇨, 그럴 리가요. 그게……."

난항을 겪고 있는 논문을 떠올리며 나는 한숨 쉬듯 내 논문 제목을 말했다.

"「A Study on Phonologically Null Expletives in Korean」입니다."

"흠, 어렵군요. 한국어로는 어떻게 되죠?"

"한국어에서의 음운론적 영형태 허사에 관한 연구, 정도가 될 것 같습니다. 실은 아직 다 쓰지도 못했습니다. 고작 오십 장짜리 석사 졸업논문인데도요."

"조금만 더 설명을 해주시죠."

나는 그를 바라보았다. 그의 눈은 여전히 호기심으로 반짝거리고 있었다. 그는 이게 왜 궁금한 걸까. 이제는 논문을 쓰는 나 자신도 궁금하지 않을 지경인데. 허사란 영어의 잇(it)처럼 의미 없이 자리를 차지하는 말을 뜻한다. 영형태란 형태가 없는 것, 보이지 않는 걸 말하고 거기에 붙은 '음운론적'까지 포함해서 말 그대로 해석하자면 내 연구는 '보이지도 않고 들리지도 않으며 내용도 없는' 무언가에 관한 것이었다.

어차피 아무도 읽지 않을 석사논문이니 기왕 하는 거 튀는 걸 해보겠다며 온갖 주제와 개념들을 찾아 돌아다니다가 발견한 게 'null expletive', 즉 영허사였다. 지도교수는 내가 보낸 논문 프로포절에 답장조차 하지 않았고(그는 끝까지 이메일을 확인도 하지 않다가 나중에는 아예 오지 않았다고 우겼다), 초조하게 기다리다 컨펌을 받지 못한 나는 얼마 남지 않은 시간을 핑계 삼아 그냥 논문을 시작해버렸다. 개념과 의의를 설명하는 서론 부분은 오래 걸리지 않아 써버렸지만 정작 논지를 세워 발전시켜 나가야 하는 본론 부분에 이르자 진도가 딱 막혔다. 나도 내가 무얼 찾고 싶은지 알지 못하는 게 가장 큰 문제였다. 아니 그런 게 있는지조차 확신할 수 없었다. 논문의 결론이 '이러이러한 연구를 하려고 했는데 찾아보니 대상이 마땅히 존재하지 않아 여기까지만 하겠습니다' 처럼 나버려도 되나?

논문을 쓰다 막혀서 딴생각을 할 때면(최근에는 그런 시간이 대부분이었지만) 나는 내 논문과 은주 씨와의 상관관계에 대해 생각하곤 했다. 은주 씨는 정말 영형태 허사 같은 데가 있단 말이야. 한국의 부모님과 통화를 할 때마다 살이 붙어 나가는 은주 씨의 존재를 보며 나는 생각했다. 왠지 슬며시 웃음이 나기도 했다. 하지만 은주 씨가 영형태 허사보다는 훨씬 낫지. 적어도 음운론적으로 소리는 지니고 있으니까. 나는 은주 씨가 마치 실존 인물이기라도 한 것처럼 킥킥거리며 그런 생각을 했다. 하지만 오늘 나는 낯선 천재 앞에서 내 논문을 설명하며 새로운 불길함을 마주하고 있었다. 음운론적 영형태 허사는 은주 씨만이 아닐지도 모르겠다는 생각. 내가 쓰는 논문도, 아니 어쩌면 나 자신도 그럴지 모른다는 두려움.

착잡한 마음을 숨기며 나는 오 교수에게 논문 초록에 가까운 연구 요약을 기계적으로 들려주었다. 내게 아무런 열정도, 완성할 의지도 없다는 것을 들키면 어쩌나 하는 걱정이 좀 됐다. 오 교수는 A⁺를 놓치지 않는 모범생처럼 주의 깊게 내 말을 들은 후 이런저런 질문을 했다. 그중에는 문외한의 훈수라고 하기엔 너무 아픈 질문도 있어서('그렇다면 애초에 형태도 소리도 없는 대상을 굳이 찾아야 하는 이유는 뭡니까?'), 몇 개는 나중에 논문에 추가할 수 있게 메모해두어야겠다는 생각이 들었다.

"어떤 논문이 나올지 정말 기대됩니다. 나중에 꼭 보여주셔야 합니다."

오 교수가 말했다.

그리고서 그가 또 다른 질문을 던지려는 것처럼 입술을 들썩였을 때, 나는 필사적으로 그에게 던질 질문을 생각하기 시작했다. 여기서 벗어나고 싶다. 벗어나야 한다. 나는 두뇌의 모든 세포들을 총동원해서 질문거리를 찾았다. 준비해 온 뻔한 질문은 아니지만 정말로 내가 궁금한 것. 알고 싶은 것. 지끈거리는 두통 사이로, 문을 열었을 때 보이던 그의 뒷모습이 눈앞에 스쳤다.

"아깐 뭘 던지신 거죠?"

마침내 내가 물었다.

5

오 교수는 의외라는 듯이 잠시 나를 응시하다가 어깨를 으쓱거렸다.

"쿼터입니다."

그가 말했다.

"동전 말인가요?"

"그렇습니다. 쿼터. 이십오 센트짜리."

그는 몸을 일으키더니 아까 서 있던 창가로 다가가 머그잔을 가져왔다. 학교 이름이 새겨진 보라색 머그잔 속에는 은색 쿼터가 빼곡히 들어 있었다. 쿼터를 모으는 건 이상한 일은 아니었지만, 대개 통행료를 내기 위해 차에 모아놓거나 공용 세탁기를 사용하기 위해 집에다 보관하는 게 일반적이었다. 나 역시 집에 빨래할 때 쓰려고 모아놓은 쿼터가 꽤 됐다. 하지만 연구실에서 쿼터가 필요할 일이 있을까? 더군다나 그걸 밖으로 던질 이유가?

"이상해 보입니까?"

오 교수는 알 듯 말 듯한 표정을 지었다.

"솔직히 그렇습니다. 실은 아까 문을 열고 들어와서 처음 본 교수님 모습이 이 동전을 창밖으로 던지는 거였거든요. 이상하다는 표현은 좀 그렇지만, 뭐랄까, 호기심이 생기네요."

"그런가요. 적어도 인터뷰에 나올 법한 질문은 아니군요."

그가 웃으며 덧붙였다.

"마음에 든다는 뜻입니다."

오 교수는 머그잔을 들고 일어나 창가로 걸어갔다. 그러고는 나에게 자기 쪽으로 오라는 손짓을 해 보였다.

"여기서 저기까지의 거리가 얼마나 될 것 같습니까?"

그가 땅과 가장 가까운 호수 끄트머리를 가리키며 말했다.

“글쎄요. 뭐, 한 십오 미터?”

“정확히 삼십삼 피트입니다.”

답을 뻔히 알면서 물어보는 사람이 세상에서 제일 재수 없다고 생각하는 사이, 그는 머그잔을 창틀에 올려놓고 동전 사이를 헤집기 시작했다. 다 똑같은 쿼터라 고를 필요가 없는데도 그는 마치 특별한 표시를 해놓은 동전이 있기라도 한 것처럼 세심하게 동전을 골랐다. 한참 고른 끝에 하나를 쥔 그는, 마운드에 처음 오른 사회인 야구단의 투수처럼 어설픈 동작으로 창밖을 향해 쿼터를 던졌다. 갑작스러운 그의 와인드업에 나는 약간 놀라 뒤로 물러섰다. 동전은 포물선을 그리며 날아가더니 호수 끝자락에 겨우 닿았는데, 거품이나 소리는커녕 사라지듯 잽싸게 물속으로 흔적을 감췄다.

“뭐 하시는 건가요?”

내가 물었지만 오 교수는 대답하지 않았다. 그는 마치 실험의 결과를 기다리는 사람처럼 초조하게, 그러나 집중해서 동전이 사라진 쪽을 바라보고 있었다. 나는 황당하기도 하고 조금은 불쾌하기도 해서 호수와 호수를 바라보는 그를 번갈아 쳐다보았다.

“이번에도 아니군요.”

한참 후에 그가 입을 열었다. 그렇게 말하면서도 못내 아쉬운지 호수 쪽에서 눈을 떼지 못했다. 나는 그의 기이한 행동을 도무지 이해할 수가 없었다.

"왜 이런 일을 하시는 건가요?"

그는 그제야 나를 바라보았다.

"아까 영형태 허사라고 했나요?"

나는 네? 라고 되물었다가 곧 다시 네, 라고 답했다.

"강 선생님이 보통 사람들에게는 쉽게 이해되지 않을 그런 주제를 연구하는 것처럼, 저도 요즘 관심을 기울이고 있는 주제가 있습니다. 어쩌면 이상하게 보일 수도 있겠지만."

"그거랑 이 쿼터가 대체……."

"아주 깊은 연관이 있죠."

그가 말했다.

6

"지금보다 조금 더 젊고 어릴 때는 사람들이 좋아할 만한 연구를 했습니다. 아니, 실은 그게 사람들이 좋아하는 거라는 것도 몰랐죠. 내가 정말로 관심 있는 게 뭔지 몰랐으니까요. 스스로 하고 싶은 게 뭔지 모르면 남들의 인정을 필요로 하기 마련입니다. 많은 사람이 관심을 갖고 있는 주제라면 당연히 나도 관심이 있을 거라고, 있어야 한다고 착각했습니다. 인문학에서는 이걸 타인의 욕망을 욕망한다고 하나요? 뭐 그렇게 말할 수도 있겠습니다."

오 교수는 창가에 기대선 채로 말했다. 호수는 여전히 침묵을 지키며 빛났다. 아까보다 태양의 각도가 더 틀어졌는지 반짝이는 물결의 방향이 어딘가 달라진 것처럼 느껴졌다.

"그런데 어떤 계기로…… 다른 생각을 하게 됐어요. 나한테 정말 중요한 게 뭔가. 내가 정말로 궁금한 게 뭔가. 한번 그런 고민을 하기 시작하니까 걷잡을 수가 없었습니다. 한동안 문자 그대로 아무것도 할 수가 없었어요. 여전히 내가 하고 싶은 연구가 뭔지도 모르면서, 더 이상은 남들이 중요하다고 말하는 연구를 못 하겠는 거지요. 이민 생활을 하다 보면 그런 시기가 있지 않습니까. 영어도 모국어도 못 하겠다고 느끼게 되는 순간. 이제까지 내가 외국어만 말해왔다는 사실을 깨닫게 되니까, 모국어로도 말을 못 하게 된 거예요."

"말씀은 알겠지만 그게 왜 쿼터와……."

참지 못하고 내가 끼어들었다. 아무리 유명하고 훌륭한 사람이라도, 이제 한 사람의 개똥철학이 어떻게 형성되었는지에 대해서는 정말로 관심 없다. 오 교수는 마치 그런 내 마음을 알아듣기라도 한 듯 슬쩍 내 말을 자르며 말했다.

"물의 폭발입니다."

"네?"

나는 반사적으로 되물을 수밖에 없었다.

"말 그대로입니다. 내가 요즘 관심을 기울이는 주제는, 물과 같은 액체 상태를 설명하는 방정식들을 계속해서 들여다보다가 문득 깨닫게 됐습니다. 아무리 살펴도 그 방정식 안에 물이 갑작스럽게 모이고 포개져 와류와 소용돌이를 만들고, 그 한가운데의 에너지 밀도가 무한대로 늘어나는 현상이 일어나지 않을 이유가 없다는 사실을 말입니다."

"무슨 말씀이신지……."

"싱귤래러티라는 말, 들어보셨습니까?"

나는 고개를 저었다. 못 말리는 문과적 상상력이 발동했다. 싱글인 사람들의 성질 같은 건가?

"특이점이라고도 하지요. 질적 도약이 생기는 특정 시점. 만약 평범한 물이 어느 순간 특이점에 도달하게 되면, 아까 말한 대로 에너지 밀도가 급작스럽게 높아져버릴 수 있고, 그렇게 되면 엄청난 폭발력을 지닌 폭탄이 될 수도 있다는 얘깁니다. 그런데 그런 일이 일어나지 않을 이유가 수학적으로는 어디에도 없어요. 바꿔 말하면 그런 일이 언제든 일어나도 이상하지 않다는 거지요. 물이 갑자기 폭발한다면 우리는 굉장히 특이한 일이 일어난 것처럼 생각하겠지만, 어찌 보면 진짜 질문은 반대편에 있다는 얘깁니다. 왜 그동안은 물이 폭발하지 않고 가만히 있었을까."

"그러면 아무 때나 터질 수 있다는 건가요? 물이?"

"아주 단순하게 말하면 그렇지요. 하지만 아마 어떤 계기가 필요할 겁니다. 누군가 어떤 압력을 가한다거나, 자극을 준다거나, 성질을 변화시킨다거나……."

"쿼터를 던진다거나?"

내가 말하자, 오 교수의 얼굴에 미소가 떠올랐다.

"그렇습니다."

7

창가에서 자리를 옮겨 다시 탁자 앞에 앉았다. 커피 드시겠습니까? 오 교수가 물었고 나는 그러겠다고 답했다. 그가 원두를 갈기 시작하자 연구실 안에 커피 냄새가 퍼져 나갔다. 세상에 그런 게 있는지 모르겠지만 달콤한 흙 같은 냄새였다.

"진짜 물이 폭발하는 걸 보신 적 있어요?"

내가 못 미덥다는 말투로 묻자, 오 교수는 핸드밀에서 갈린 원두 가루를 꺼내 드리퍼에 부으며 답했다.

"물론 없습니다."

“언제부터 던지기 시작한 건가요?”

그는 대답 대신 끓는 물을 주둥이가 가늘고 길쭉한 주전자에 담아 원두 가루 위에 붓기 시작했다. 나는 재차 물었다.

“아니면 언제까지 하실 건데요?”

하지만 커피가 다 내려질 때까지 그는 아무 말도 하지 않았다. 나는 대답을 기다리다가 나중에는 조금 머쓱해져서 그냥 가만히 앉아 있었다. 잠시 후 그는 사기로 된 커피 잔 두 개를 가져와 자신과 내 앞에 하나씩 놓은 다음 커피를 따랐다. 달콤하기도 하고 시큼하기도 한 커피 향이 코끝으로 스며들었다. 그의 침묵으로 잠시 출렁였던 마음이 조금 누그러졌다.

“아드님이 귀엽게 생겼네요.”

나는 가족사진이 담긴 액자를 가리키며 말했다.

“그랬었죠.”

이번엔 오 교수가 대답을 했다.

“지금은 아닌가 보군요. 하긴 원래 아이들이 크면 다 그렇죠.”

나는 썰렁한 웃음을 지으며 말했다. 오 교수도 희미하게 따라 웃더니, 대답했다.

“그 아인 이 년 전에 죽었습니다. 쿼터는 아이가 죽은 다음부터 던지기 시작했고요.”

갑작스러운 그의 고백에 나는 당황했다. 굉장히 못된 질문을 던진 사람이 된 기분이었다. 가족사진에 나온 아이에 관해 묻는 건 대개 안전하고 확실하게 '의미 없는' 질문을 던지는 방법인데, 이렇게 난감한 상황이 닥칠 줄이야. 나는 무슨 말을 해야 할지 모르겠어서 애꿎은 커피만 들이켰다. 마실수록 커피에서는 떨떠름한 흙 맛이 났다.

"아이는 저 호수에서 죽었습니다. 카약을 타다가 배가 뒤집혔죠. 아이 엄마와 나는 호숫가에서 저녁을 준비하고 있었고, 카약에는 다른 어른도 타고 있었습니다. 모두 구명조끼를 입고 있었으니 위험하다고 생각할 이유가 없었죠."

오 교수가 말했다.

"테이블 세팅을 마치고 맥주를 한 병 따서 한 모금 마시고 있는데 멀리 호수 쪽에서 누가 걸어 나왔습니다. 처음엔 수영하는 사람인가 싶었죠. 그런데 가까이 다가와서 보니 우리 애와 같이 탔던 사람인 겁니다. 물에 완전히 젖어가지고, 정신이 나간 것처럼 초점 없는 눈동자를 하고 있었죠. 그 사람은 실성한 듯이 같은 말만 계속 반복했습니다. 당신 애가 호수에 빠졌다고. 미안하다고."

그는 커피를 한 모금 마시고 잠시 창밖을 바라보았다. 어느새 하늘 멀리서부터 붉은 기운이 희미하게 올라오고 있었다.

"그러고 나서 호수를 바라봤는데, 지금처럼 해가 막 지려고 하는 순간이었습니다. 아주 아름답고, 조금 처연한…… 그다음엔 뭘 했는지, 어떻게 했는지 모르겠어요. 소리를 질렀던 것도 같고, 호수에 뛰어들었던 것도 같고. 누군가 911을 불렀던 것도 같고. 지나고 나니 이상하게 다른 건 다 흐릿한데, 그 장면만 선명하게 생각납니다. 조금씩 붉게 물들어 가는 호수와 미안하다면서 울먹이는 낯선 남자……."

"아이를 찾았나요?"

"못 찾았습니다. 보통 사나흘이면 어딘가에 떠오른다고 하는데, 우리 애는 나타나지 않았어요. 그 애는 그냥 사라져 버렸습니다. 처음부터 없었던 것처럼."

한참 동안 두 개의 커피 잔 사이에 고운 모래 같은 침묵이 흘렀다. 결혼도 하지 않은 나로서는 자식을 잃는다는 것이 어떤 무게인지 상상조차 할 수 없었지만, 적어도 그가 왜 호수에 동전을 던지기 시작했는지는 이해할 수 있을 것 같았다. 그러자 또 다른 질문이 생겨났다. 그가 동전을 던지는 것은 수학자로서의 호기심 때문일까, 아들에 대한 그리움 때문일까, 아니면 스스로 가진 죄책감 때문일까. 그에 관한 인터뷰를 그렇게 읽었지만 어디에도 그런 얘기는 없었다. 아무도 묻지 않은 걸까? 아니면 아무에게도 말하지 않은 걸까.

오 교수는 말없이 커피만 마셨다.

"그 쿼터,"

나는 불쑥 입을 열었다.

"저도 한번 던져보면 안 될까요?"

8

오 교수는 순순히 동전을 내주었다. 내가 창문 쪽으로 다가가 쿼터를 손에 쥐고 준비 자세를 취하자 그는 직접 각도와 방향을 교정해주기까지 했다.

"세게 던지는 것보다는 포물선을 잘 그리도록 약간 높이 던지는 것이 중요합니다."

그가 말했다. 나는 어린 시절 동네 아이들과 뒷산에서 공놀이를 하던 때를 떠올리며, 몇 발짝 뒤로 물러섰다가 창 쪽으로 다가서면서 있는 힘껏 동전을 던졌다. 내가 던진 쿼터는 오 교수가 던진 것보다 훨씬 멀리 날아가 호수 속으로 사라졌다. 오 교수는 놀란 표정을 지어 보였고, 나는 동전이 사라진 지점을 눈으로 훑었다. 잠깐 기다렸지만 역시 아무런 일도 일어나지 않았다.

"아직 금액이 부족한가 보네요."

나는 멋쩍게 웃으며 돌아섰다. 순간적으로 힘을 너무 줬는지 어깨가 뻐근했다. 오 교수는 창틀에서 움직이지 않았다.

"저기!"

테이블 쪽으로 몇 걸음 떼었을 때, 오 교수가 갑자기 소리를 질렀다. 뒤를 돌아보는 순간 동전이 떨어진 수면 근처에서 갑자기 펑, 하는 소리가 나더니 하얀색 물보라가 수직으로 솟아올랐다. 이무기가 승천해서 용이 되는 광경이 이런 걸까? 물은 마치 잠시 동안 중력을 벗어나기라도 한 것처럼 하늘 높이 솟구치다가, 빌딩의 세 배쯤 되는 어마어마한 높이에서 정점에 이르자 다시 비처럼 아래로 쏟아지기 시작했다. 그러면서 거센 바람과 물방울이 우리 쪽으로 훅 밀려왔다. 창틀이 심하게 흔들렸고 쿼터가 담긴 머그잔이 요란한 소리를 내며 바닥으로 떨어져 산산조각이 났다. 오 교수와 나는 물벼락을 맞고 휘청거렸다.

"괜찮으십니까?"

오 교수가 물에 흠뻑 젖어 짙은 남색이 된 셔츠를 손으로 쓸어내리며 물었다. 나는 뭐라고 대답을 하려다가 기침을 하고 말았다. 돌아보니 테이블에 있던 잔까지 뒤집혀 커피가 바닥을 적시고 있었다. 안경이 물에 젖어 사물이 크고 작은 모양으로 왜곡되어 보였다. 나는 안경을 벗어 셔츠 끝으로 닦았다. 무슨 일이 일어난 건지 어안이 벙벙했다.

"아무래도 커피를 새로 내려야겠군요."

오 교수는 아무 일도 없었던 것처럼 테이블로 돌아가 핸드밀에 원두를 넣고 다시 갈기 시작했다. 등지고 있어 얼굴을 볼 수는 없었지만, 그의 뒷모습은 마치 웃고 있는 것 같았다. 또다시 달콤한 흙냄새가 조금씩 연구실에 퍼져나가기 시작했다.

그를 보고 있자니 문득 지도교수 얼굴이 떠올랐다. 뭘 꼭 물어보라고 했던 것 같은데 그게 뭐였는지 도무지 생각이 나지 않았다. 아무래도 이번 인터뷰는 망한 것 같다는 생각이 들었지만, 이상하게도 기분은 썩 나쁘지 않았다. 하루 종일 날 괴롭히던 두통이 사라졌기 때문일까?

나는 고개를 돌려 창밖을 바라보았다. 어느새 연구실과 호수 사이에는 선명한 무지개가 떠올라 있었다. 젖은 나뭇잎처럼 바닥에 쏟아진 쿼터들이 창밖에서 들어오는 붉은 햇빛을 받아 타오르듯 반짝거렸다.

아일랜드

아일랜드

『쓰는 책방』 프로젝트(2020) 수록작

남자는 선착장을 향해 걸었다. 끝없이 이어지던 주황색 지붕과 회색 벽돌들 사이를 빠져나오자 따가운 이국의 햇빛이 쏟아졌다. 남자는 선글라스를 가지고 왔어야 했다고 생각했다. 오래전 신혼여행 때 공항 면세점에서 샀던, 금빛 장식이 촌스러운 그의 커다란 선글라스는 버려진 짐 어딘가에 처박혀 있을 거였다. 남자는 눈을 가늘게 뜨고 걸음을 재촉했다.

부두에는 낡은 모터보트 몇 대가 묶여 있었다. 부리가 검은 갈매기들이 파도처럼 바다와 육지 사이를 분주히 돌아다녔다. 남자는 그중 사람이 타고 있는 보트 앞에 멈춰 섰다. 보트 옆에는 'kraken'이라는 글씨가 초록색으로 적혀 있었다.

"피시 아일랜드."

남자는 큰 소리로 말했다. 보트 위에 앉아 있던 사내가 뒤를 돌아보더니 눈이 부신 듯 인상을 썼다.

"피시 아일랜드. 투 헌드레드."

남자는 보트로 가까이 다가가서 한 번 더 말했다. 어디선가 옅은 비린내가 바람에 실려왔다.

아이가 죽은 것은 넉 달 전이었다. 하루에도 몇 번이나 마주치던 택배 트럭이었다. 신데렐라처럼 12시가 되기 전에 주문만 하면 어느샌가 새벽녘에 물건을 문 앞에 가져다 놓곤 하던 마법의 차량. 남자의 딸은 그 차에 치여 죽었다. 트럭 기사는 세 아이의 아버지였고 그날은 아파서 일을 나가지 못했다. 대신 운전을 한 사람은 그의 아내였다. 그에게 할당된 물량을 소화하기 위해 아내는 머리를 올리고 모자를 쓰고 등에 로켓이 그려진 남편의 점퍼를 입었다. 그리고 아파트 입구에서 아이를 쳤다.

남자는 처음에 합의하지 않으려고 했다. 아이를 살릴 수는 없었기 때문에 대신 그들을 고통 속으로 밀어 넣으려 했다. 죄를 지었으면 감옥에 가야지. 대리 배달이 알려진 기사는 이미 회사로부터 해고 통보를 받았고 합의하지 않으면 기사의 아내는 감옥에 가야 했다. 그들이 제시한 합의금은 3000만 원이었다. 남자는 딸의 목숨값으로 3000만 원을 받는 것은 말도 안 된다고 생각했다. 그러나 그들이 3억 원을 제시했더라도 달라질 건 없었다. 부부는 그를 찾아와 무릎을 꿇고 눈물을 흘렸지만 그는 끝까지 합의해주지 않았다.

별거 중이던 아내는 아이의 장례를 함께 치른 뒤 이혼 서류를 내밀었다. 이제 당신과 헤어질 수 없는 마지막 이유가 사라졌네. 아내는 멍한 눈빛으로 말했다. 남자는 뭔가 항변하려 했지만 말없이 서류를 받아 들었다. 아이를 화장한 화장터 주차장에서 둘은 각자의 차로 헤어졌다. 아내가 먼저 떠났고 남자는 그녀의 흰색 SUV가 완전히 사라진 것을 확인하고는 핸들에 머리를 기댄 채 조금 울었다.

아이의 방을 정리하는 것은 그에게 남은 마지막 숙제이자 고통이었다. 처음에는 아예 이사를 가버릴까 생각도 했지만 집을 알아보고 짐을 정리하고 일상의 공간을 새로 꾸리는 것이 그에게는 더 버겁게 느껴졌다. 죽은 아이의 물건이라고 생각하면 누구에게 함부로 주거나 버릴 수도 없었다.

『해를 찾아서』라는 책을 발견한 것은 한 달 전이었다. 아이가 소유했던 100여 권의 책 속에서 그 책이 특별했던 이유는 단 하나, 표지에 언젠가 들어본 이름이 적혀 있었기 때문이었다. 글/그림 민우진.

난 우진이랑 결혼할 거야.

단것을 너무 많이 먹었거나, 새로 산 원피스를 입었거나, 좋아하는 TV 프로그램을 기다릴 때면 아이는 뜬금없이 말하곤 했다. 우진이? 걔가 누군데? 남자가 말하면 아내는 웃으며 핀잔을 주곤 했다. 세린이 유치원 베프잖아. 맨날 듣고도 몰라? 민우진은 지인의 이름조차도 곧잘 잊어버리곤 하는 남자가 유일하게 기억하는 딸의 친구 이름이 되었다. 그리고 언젠가부터는 딸이 결혼하겠다고 말할 때마다 반사적으로 그 이름을 떠올리곤 했다.

이 책이 왜 여기에 있을까. 남자는 알 수 없었다. 아내에게 전화를 걸어 물어볼까도 생각했지만 곧 그만두었다. 이젠 애들까지 팔아서 연락하냐. 비겁하게. 아내의 목소리가 들리는 것 같았다. 머리가 아파져 수면제를 삼킨 남자는 거실에서 그대로 잠이 들었다. 일어나 보니 한낮의 햇빛이 거실을 반으로 갈라놓고 있었다. 그제야 남자는 미래의 사위가 될 수도 있었던 아이가 쓰고 그린 책을 펼쳤다. 이야기는 이렇게 시작했다.

"옛날 옛적에 물고기 모양의 섬이 바다 한가운데 있었다."

물고기 모양의 섬을 찾아가야겠다고 생각한 것은 2주 전이었다. 그에게는 이제 남아 있는 것이 많지 않았다. 아이도, 아내도, 합의를 요구하는 사람도 없었다. 그는 조금 더 잃어버렸으면 좋겠다고 생각했다. 다니던 회사에 사표를 냈고, 집을 급매로 시세보다 조금 낮게 팔았다. 옷을 버리고 가구를 처분하고 머리카락을 밀었다. 그게 무엇이든 자신에게 아무것도 남지 않을 때까지 모든 것을 내다 버리고 싶었다. 그렇게 하고도 버리지 못한 것이 우진의 책이었다.『해를 찾아서』. 이상하게도 그 책은 버려지지가 않았다.

하트 모양의 침대가 놓인 번화가 구석의 모텔에서 그는 인터넷 검색을 통해 물고기 모양의 섬을 찾아냈다. 크로아티아 서쪽의 아드리아해 북쪽 끝에 있는 이스트라반도에 가면 붕어빵을 꼭 닮은 섬을 찾을 수 있다고 했다. 섬의 이름은 가즈Gaz였다. 가즈, 가즈, 가즈……. 그는 섬의 이름을 중얼거리며 물고기를 닮은 섬 사진을 다른 이름으로 저장했다가, 그 컴퓨터가 자신의 것이 아니라는 사실을 깨닫고는 황급히 바탕화면에 저장된 사진을 지웠다.

크로아티아행 비행기 티켓을 편도로 예약하고 나서 그는 오랜만에 숙면을 취했다. 그날 밤 그는 비행기가 엔진 고장을 일으켜 바다에 추락하는 꿈을 꾸었다.

남자가 건넨 100달러 지폐 두 장에 사내는 흔쾌히 시동을 걸었다. 모터보트는 더러웠고 작은 파도에도 몹시 흔들렸다. 남자는 서울을 떠난 뒤 스무 시간 넘게 잠을 자지 못한 상태였다. 섬은 손에 잡힐 듯 가깝게 보였지만 좀처럼 가까워지지 않았다. 부두에서부터 따라온 비린내는 그의 코끝을 떠나지 않고 맴돌았다. 속이 메스꺼워졌고 곧 구역질이 시작됐다. 보트 뒤쪽에서 사내가 소리를 지르며 손을 흔들었다. 남자가 알아듣지 못하자 사내는 바다에 토하는 시늉을 했다. 남자는 초록색 바다 위에 거품이 섞인 하얀 점액질을 쏟아냈다. 비린내 대신 시큼한 냄새가 코를 찔렀다. 마침내 구역질을 해도 바다를 덮을 수 없게 되었을 무렵 보트가 섬에 도착했다.

"원 아워. 오케이?"

보트에서 내리는 남자에게 사내는 손가락을 펴서 숫자 1을 만들어 보였다. 남자는 고개를 끄덕이고 섬으로 들어갔다.

섬에는 황량한 벌판과 듬성듬성 자라난 나무들이 전부였다. 버려진 것 같은 돌덩이들 말고는 제대로 된 건물 하나 보이지 않았다. 남자는 휴대전화에 저장해둔 섬의 위성사진을 꺼내 보았다. 섬은 분명 물고기 모양이었지만 섬 안에서는 그 모습이 보이지 않았다. 남자는 천천히 원을 그리며 섬을 한 바퀴 돌았다. 허기가 졌고 다리가 아팠지만 그는 멈추지 않았다. 그사이 해가 조금씩 저물어 초록색 바다에 붉은 그림자를 드리웠다.

사내가 남자를 찾기 시작했을 때 남자는 섬의 한가운데, 숲이라고 부르기도 애매한 나무들 밑에 앉아 있었다. 그는 책을 펼쳐 읽는 중이었다.

'그곳에는 해가 있었다. 해는 팔짱을 끼고 있었고 많이 삐친 것 같았다. 물고기는 너무 눈이 부셔서 일단 선글라스를 썼다. "왜 왔어? 내가 여기에 있는 줄은 어떻게 알았어?"'

멀리서 남자를 부르는 사내의 목소리가 점점 커졌다. 짜증스럽게 들리기도 했다. 하지만 남자는 일어서거나 손을 흔들거나 큰 소리로 대답하지 않았다. 그저 낮은 목소리로 얼굴도 모르는 아이가 쓴 문장을 천천히 읽을 뿐이었다.

'해는 조금씩 하늘 위로 떠올라 물고기 섬을 비췄다. 예전보다 더 밝고 따뜻한 빛이었다. 이제 물고기들은 미역을 다시 먹을 수 있었고 다시 등교를 하거나 출근을 할 수 있었다. 그리고 햇빛을 쬐지 못해 생겼던 병도 없어졌다.'

남자를 찾지 못한 사내가 보트에 시동을 걸어 뭍으로 돌아가고, 해가 완전히 저물어 어둠이 찾아온 뒤에도 남자는 책 읽기를 멈추지 않았다. 배터리 부족으로 휴대전화 플래시가 꺼지자 더 이상 글씨가 보이지 않았지만 남자는 계속해서 읽었다. 들고 있는 검은 책 속에 그가 세린에게 하고 싶었던 말과, 우진에게 묻고 싶었던 질문과, 아내에게 하고 싶었던 항변이 모두 들어 있는 것만 같았다. 남자는 계속해서 책장을 넘기며 읽었다. 이야기는 계속되었고, 세린은 건강하고 씩씩한 어른이 되었으며, 아내는 재혼했고 세린과 우진은 정말로 결혼을 해서 그에게는 쌍둥이 손자 손녀가 생겼다. 바다 끝이 희미하게 밝아질 때까지 남자는 읽기를 멈추지 않았다. 책장은 끝없이 넘어갔고 마지막 문장은 어디에도 없었다.

애틀랜틱 엔딩

애틀랜틱 엔딩

『문장 웹진』 2018년 2월 / 『안녕을 말하는 방법』(스윙밴드, 2019) 수록작

1

박은 성의 외벽처럼 도박장을 둘러싸고 있는 슬롯머신을 지나 테이블 게임 사이로 들어섰다. 블랙잭, 룰렛, 바카라, 포커. 유니폼을 입은 딜러들이 테이블마다 기둥처럼 서 있었다. 까만 비키니 차림의 바니 걸 둘이 윙크를 하며 지나갔다. 박은 카지노 홀 건너편 끝에 있는 보가타 호텔 프런트를 향해 곧장 걸었다. 코끝에 카지노 특유의 냄새가 맴돌았다. 바닥에 깔린 카펫과 금속성의 기계들이 내뿜는 열기, 사람들의 땀 냄새와 체취, 미처 환기되지 못한 담배 연기가 섞인 아릿한 냄새. 일확천금을 꿈꾸는, 혹은 파국을 앞둔 인간들의 운명에 어울리는 전주. 박은 마음이 조금 편안해졌다. 프런트에서 그는 체크인 대신 매니저를 호출했다. 잠시 후 안쪽 사무실 문이 열렸다. 키가 2미터에 가까운 매니저 라이언은 박을 보고 환하게 웃었다.

"웰컴, 미스터 팍."

라이언은 박을 최상층에 위치한 코너 스위트룸으로 안내했다. VIP 전용 엘리베이터 안에서 라이언이 물었다. 이번에는 며칠이나 묵을 예정이십니까. 박은 잠시 머뭇거리다가 일주일쯤, 이라고 답했다. 차량이나 헬기가 필요하냐는 질문에 박은 고개를 저었다. 스위트룸 앞에서 인사하고 돌아가는 그에게 박은 평소처럼 100불짜리를 접어 쥔 손으로 악수를 청했다. 라이언은 필요하면 언제든 자신을 찾으라는 말과 함께 윙크를 남기고 성큼성큼 멀어졌다.

문을 닫고 방으로 들어가자 그제야 피로가 몰려왔다. 박은 혼자 앉기엔 너무 넓은 초록색 소파에 무너지듯 주저앉았다. 들고 있던 서류가방이 바닥에 떨어져 둔탁한 소리를 냈다. 그는 눈을 감고 한동안 그대로 있었다. 가벼운 두통이 느껴졌다. 박은 재킷 안쪽에서 힙플라스크를 꺼내 위스키를 한입 머금고는, 입 안을 헹구듯 천천히 양쪽으로 움직이다 넘겼다. 혀끝에서부터 목을 거쳐 명치까지 뜨끈한 기운이 퍼져나갔다. 몸의 긴장이 조금씩 풀렸다. 박은 스트레칭하듯 위아래로 몸을 쭉 폈다. 발끝에 뭔가 걸렸다. 가방에서 삐져나온 종이었다.

둘을 쏴 죽인 건 오늘 새벽이었다.

닫혀 있는 〈큰기와집〉 문을 따고 들어가니 평소 휴게실로 쓰는 안쪽 방에서 희미한 빛과 소리가 새어 나오고 있었다. 박은 테이블과 의자 사이를 지나 조심스레 방으로 다가갔다. 가까워질수록 신음 소리가 선명해졌다. 문 앞에서 그는 잠시 눈을 감고 숨을 골랐다. 장갑 낀 손으로 가방 속에서 총을 꺼내 든 뒤에는 사격장에서 하던 버릇대로 뜻 모를 기도 같은 것을 중얼거렸다. 소리 나지 않게 가만히 문을 열자 널려 있는 옷가지와 한 덩어리로 엉킨 남녀가 보였다. 이가 덜덜 떨릴 줄 알았는데, 막상 짐작했던 그대로의 모습을 하고 있는 강과 아내를 보자 마음이 차갑게 식었다. 박은 소음기 달린 권총으로 한 사람당 두 발씩 번갈아 쐈다. 강의 마지막 말은 형님, 이었고 아내는 입을 열려다 말았다.

박은 눈앞에 놓인, 불과 일 분 전까지만 해도 활달히 움직이던 따뜻한 시체 두 구를 내려다보았다. 살인 후 첫 번째 감정은 난감하게도 난감함 그 자체였다. 사격장에서는 총을 쏘고도 시체를 치울 필요가 없었다. 박은 누군가에게 살인이란 원래 이런 거냐고 묻고 싶어졌다. 그가 이들의 죽음을 의도한 것은 맞지만 실제로 벌어진 상황은 그가 원하던 것에서 한참 어긋나 있었다. 이를테면 그는 그들의 죽음을 그들 자신에게 보여주고 싶었다. 볼품없이 축 늘어져 있는 육신을 스스로의 눈으로 확인하게 하고 싶었다. 봤지? 이게 너희야. 하지만 지금 그는 혼자였고, 그 어느 때보다 더욱 혼자라고 느꼈다.

피범벅인 침대 위에서 박은 시체를 하나씩 끌어냈다. 앞치마와 고무장갑 차림으로 식재료를 담는 커다란 방수포대에 강과 아내를 하나씩 넣어 묶은 다음 카트에 실어 주방으로 옮겼다. 아내는 그럭저럭 들어갔지만 몸집이 큰 강은 거의 구겨 넣다시피 했다. 연쇄살인마들이 시체를 토막 내는 이유를 깨달았다. 피자처럼 여덟 조각일 필요도 없고, 그냥 반으로만 잘라줘도 고마울 것 같았다.

설렁탕 수육용 고기를 담가 핏물을 빼는 싱크대 옆에 덩그러니 놓인 파란 포대 두 개를 바라보며 박은 담배를 한 대 피웠다. 그들의 마지막 말이 더 이어졌다면 어땠을까. 형님, 그게 아니고…… 강은 장황한 변명을 시작했겠지. 아내는 무슨 말을 하려고 했을까. 하고 싶은 말이 있기는 했을까. 짐작할 수 없었다. 아내는 늘 짐작과 다른 말을 했으니까. 박은 듣지 못한 아내의 말이 궁금했다.

잠시 후 다음 작업을 시작했다. 멀찍이 세워 놨던 차를 식당 건물 뒤편으로 옮긴 다음 트렁크를 열었다. 새벽에 식자재를 받을 때마다 하던 일이라 낯설지 않았다. 야채 트럭 대신 벤틀리라는 점만 다를 뿐이다. 포대를 가지러 뒷문으로 들어가며 박은 차를 사던 날을 떠올렸다. 그가 뉴저지에 세 번째 식당 〈백기와집〉을 오픈하기 며칠 전이었다. 그에게는 뉴욕과 뉴저지 근방에서 몰려들 수많은 손님에게 이민자로서 자신의 성공을 말없이 웅변해줄 물건이 필요했다. 통유리로 훤히 내다보이는 주차장 한쪽에 무심한 듯 세워져 있는 벤틀리만큼 그 용도에 어울리는 차는 없다고 그는 생각했다. 박은 맨해튼 서쪽, 웨스트 27번 스트리트와 11번 애비뉴가 만나는 지점에 위치한 벤틀리 매장에 가서 차를 골랐다. 당장 출고가 가능한 차는 남색 콘티넨털 모델뿐이라 길게 고민할 필요도 없었다.

박을 상대하던 딜러 이름은 마이크였는데, 그는 정말로 권투 선수 마이크 타이슨을 닮은 흑인이었다. 근육질이라 양복 입은 태가 영 어색한 마이크는 차 이곳저곳을 소개하며 말이 끝날 때마다 습관적으로 엄지를 치켜들었다. 박은 그 과정이 지루하고 형식적이라고 느껴져 건성으로 고개만 끄덕였다. 이윽고 모든 소개를 마친 마이크가 차 뒤쪽으로 돌아가 트렁크를 열더니, 텅 빈 공간을 가리키며 또 한 번 엄지를 치켜들고 말했다. 투 데드 바디즈.

마이크의 말대로 트렁크엔 시체 두 구가 넉넉히 들어갔다. 박은 트렁크를 닫은 뒤 마지막으로 식당에 다시 들어가 바닥에 물을 뿌려 꼼꼼히 피를 닦아내고 건물을 빠져나왔다. 안쪽 방문을 잠그는 것도 잊지 않았다. 사장 부부가 쓰던 방이니 함부로 열어보지는 않을 것이다. 어차피 언젠가는 누군가에 의해 발각될 테지만 시기를 늦추고 단서를 줄여서 나쁠 건 없다. 가장 성실한 직원이 출근할 즈음 그는 이미 애틀랜틱시티에 도착해 있을 것이다.

박은 발밑 가방에서 총을 꺼내 들었다. 묵직한 금속 덩어리에는 아직도 한 발의 총알이 남아 있었다. 그는 방아쇠에 손을 넣었다 뺐다를 몇 번 반복하다가 커피 테이블 위의 꽃병을 조준해보았다. 검지를 당기기만 하면 꽃병은 산산조각 날 것이고, 그는 쉽게 죽을 수 있는 마지막 기회를 잃어버릴 것이다. 박은 총을 돌려 총구를 입에 물었다. 마지막 한 발은 자신을 위해 남겨둔 거였다. 그 상태로 박은 자신의 계획에 대해 생각했다.

플랜 A는 대서양 어딘가에 시체를 유기하고 남부로 계속 내려가 멕시코 국경을 넘는 거였지만, 손에 들고 있는 현금이 부족했다. 용케 국경을 넘는다 해도 그다음엔 뾰족한 대책이 없었다. 벤틀리를 타고 다니다가 멕시코 갱들의 표적이나 되지 않으면 다행이다. 플랜 B는 일단 애틀랜틱시티까지 내려가서 시체와 함께 차를 버려두고 교통수단을 바꿔

가며 도주하는 거였다. 몸과 마음이 무척 고되긴 하겠지만 현금만 사용해서 도주한다면 LA까지 가는 것도 불가능해보이지 않았다. 중간쯤에 캔자스나 미주리 같은 중서부 시골 어디쯤에 숨어 있는 것도 나쁘지 않았다. 하지만 모든 것은 근본적인 문제가 해결되지 않는 한 미봉책에 불과했다. 진짜 문제는 그가 사람을 둘이나 죽였다는 것이고 또 이제 돈이 많지 않다는 거였다. 따라서 플랜 C는 이러한 근본적인 문제, 모든 일의 근원을 제거할 수 있는 궁극적인 방법이었다. 스스로 만든 문제에 스스로 줄 수 있는 유일한 답. 자살.

아직 박은 세 가지 중 어느 하나를 선택할 수 있었다. 하지만 그럴 수 있는 시간이 얼마 남지 않았다는 것도 잘 알았다. 더군다나 줄어들고 있는 시간의 총량은 누구도 정확히 가늠할 수 없다. 몇 달이나 몇 주, 일주일일 수도 있고 어쩌면 단 하루일 수도 있다. 생각을 거듭할수록 그는 기분이 언짢아지고 있다는 걸 깨달았다. 박은 소파 위에 총을 던져놓고 일어섰다.

2

카지노로 내려간 박은 사람이 가장 적은 블랙잭 테이블

을 골라 앉았다. 심드렁하게 앉아 있던 라틴계 사내가 떠나자 곧 그는 딜러와 둘만 남았다. 무표정하게 게임을 진행하는 동양계 여자 딜러는 어디서 본 것 같은 얼굴이었는데, 박은 나이 든 동양 여자는 어디서나 비슷해 보이는 법이라고 생각했다.

한 시간가량 블랙잭을 하는 동안 박의 승률은 50퍼센트 정도였다. 300불을 놓고 돈을 다 잃으면 일어나려 했는데 의외로 본전이 줄어들지 않았다. 신기하게도 별다른 의욕이나 욕심이 없으니 게임이 잘 풀리는 느낌이었다. 중간에 한두 사람이 끼어서 같이 게임을 하기도 했지만 오래 머물지는 않았다. 딜러의 기계적인 영어에는 약간의 억양이 섞여 있었는데, 덕분에 시간이 지날수록 박은 딜러가 한국인이라고 확신하게 되었다. 명찰에 적힌 'KIM'이라는 성이 그 확신을 도왔다.

"딜러 교체 전 마지막 게임입니다."

딜러가 자신의 퇴근과 맞바꿀 패를 돌리기 시작했다. 마지막이라는 말에 박은 가진 칩의 절반을 테이블 가운데로 밀어놓고, 조심스럽게 끝을 뒤집어 두 장의 카드를 확인했다. 스페이드와 킹. 몇 년 만에 받아보는 패였다.

"블랙잭."

박이 카드를 뒤집으며 말했다. 딜러는 말없이 테이블 중

앙에 쌓인 칩을 모아 그에게 밀었다. 박은 싱거운 행운이라고 생각했다. 칩을 쓸어 모으며 그가 한국어로 말했다.

"한국 사람?"

딜러는 카드를 정리하다 손을 멈추고는, 고개를 들어 그를 쳐다보았다.

"근무 중 잡담은 금지입니다."

그녀는 영어로 답했다.

"그래요. 수고하쇼."

박은 한국어로 인사한 다음, 칩을 챙겨 자리를 떴다. 캐시아웃하는 창구에서 칩을 현금으로 바꾸자 450불이었다. 놀던 버릇 때문인지 그냥 떠나기가 아쉬워 근처에서 룰렛을 몇 번 하다가 나중엔 구석의 슬롯머신 앞에 자리를 잡았다. 50센트짜리 기계에 앉아 100불을 넣으니 크레딧이 200개나 생겼고, 그러자 한결 마음이 편해졌다. 생명을 연장한 것 같은 기분이었다. 게임을 시작하려는데 화면 오른쪽 아래 붙어 있는 십자가 모양 스티커가 눈에 띄었다. 누가 간절한 마음으로 붙이고 간 모양이었다. 레버를 당기면서 박은 피식 웃었다.

그때 슬롯머신 뒤로 아까의 그 딜러가 지나갔다. 소지품을 들고 가는 걸 보니 일을 마치고 퇴근하는 듯했다. 이민자들은 대개 비슷한 모습으로 늙어간다고 박은 생각했다. 짧은 파마머리, 안경, 주름, 억양. 딜러 'KIM' 역시 마찬가지였다. 다시 시선을 슬롯머신으로 돌려 버튼을 누르려는데, 십자가 스티커를 보는 순간 어떤 얼굴 하나가 퍼뜩 떠올랐다.

—우리 주님이 날 다시 일으켜 세워주실 겁니다.

김 사장이라는 사내의 마지막 말을 박은 똑똑히 기억하고 있었다. 10년 전 박이 처음으로 맨해튼의 식당을 살 때였다. 음식점의 전 주인이었던 김 사장은 확고해 보이는 신앙심과는 어울리지 않게 도박중독자였다. 동부의 라스베이거스라 불리는 애틀랜틱시티, 그중에서도 타지마할이라는 호텔 카지노의 VVIP였다. 그가 호텔에 전화를 걸면 헬기를 보내준다는 소문이 들릴 정도였다. 패가 돌기 전이면 기도를 하고, 돈을 따면 그 돈의 반 이상을 헌금하는 김 사장의 기행은 교민사회에서도 화제였다. 그러나 그가 믿는 주님이 그를 버린 것인지, 아니면 진정 그를 사랑하여 도박중독에서 벗어나게 해주려던 것인지는 몰라도 어느 날부터 사업이 급격히 기울기 시작했다. 위태롭게 중심을 잡고 있는 듯했던 그의 두 자아, 신앙인과 도박중독자 사이의 균형도 깨졌다.

놀랍게도 김 사장은 사업상의 문제를 해결하는 대신 애틀랜틱시티로 내려가 도박에 매달렸다. 간절히 기도하는 마음으로 카드를 뒤집고 룰렛을 돌리고 슬롯머신을 당겼는지는 모르지만, 결과적으로 쌓아 올린 시간과 노력에 비하면 눈

깜짝할 사이에 모든 것을 잃었다. 맨해튼과 뉴저지에 걸쳐 그가 운영하던 여러 개의 식당과 점포가 급매로 나오자 한인들은 기다렸다는 듯 앞다투어 달라붙었다. 박도 그중 하나였고, 결국 맨해튼 한인타운에 있던 알짜배기 가게를 사는 데 성공했다.

계약서에 사인하던 날 김 사장은 아내와 함께 나타났다. 그리고 계약에 대한 말보다 자신의 주님이 어떤 식으로 자기를 시련에 빠뜨렸고 또 앞으로 구원해줄 계획인지에 대한 이야기를 늘어놓았다. 박은 김 사장의 얘기를 적당히 흘려들으면서 동행한 그의 아내를 유심히 살폈다. 김 사장이 가진 구원과 부활의 확신은 적어도 그의 아내와는 무관한 것처럼 보였다. 계약이 마무리될 무렵 박이 물었다. 그래서 앞으로 계획이 있습니까? 김 사장의 신앙고백보다 박은 그게 더 궁금했다.

이제까지 청산유수로 말을 쏟아놓던 김 사장이 잠시 머뭇거렸다. 뭐, 그게…… 일단 살길을 찾아봐야죠. 지금 생각 같아서는 사자굴로 들어간 다니엘처럼 다시 애틀랜틱시티로 내려가서 딜러 일을 할까 싶습니다. 우리 주님이 날 다시 일으켜 세워주실 겁니다. 죽음을 이기고 부활하신 것처럼. 그때까지 이 가게를 잘 맡아주십시오. 음식점 앞에서 박은 김 사장과 악수를 하고 헤어졌다. 줄곧 입을 다물고 있던 김 사장의 아내는 묵례를 하고 멀어졌다. 그들의 뒷모습을 바라보며 박은 주머니에서 손수건을 꺼내 축축해진 손을 닦았다. 불쾌하고 뜨끈한 습기가 김 사장의 눈물처럼 느껴졌다.

슬롯머신을 계속하면서도 박은 딜러 여인이 들어간 직원 전용 문을 유심히 살폈다. 잠시 후 사복으로 갈아입은 그녀가 나타났다. 박은 남아 있는 돈을 캐시아웃하고는 일어서서 그녀를 쫓았다. 여자는 천천히 카지노를 벗어나는가 싶더니 호텔 내 아케이드 끄트머리에 있는 중국식 국숫집 앞에 멈춰 섰다. 박은 멀찍이서 그녀를 지켜보았다. 곧 그녀가 음식점 안으로 들어갔고 그도 뒤따랐다. 그녀는 맨 안쪽 자리에 앉아 있었다.

"김 사장 사모님, 맞죠?"

박은 그녀 앞자리에 앉으며 말했다. 여자는 잠시 눈을 치켜떴다가 금세 원래의 무표정한 얼굴로 돌아왔다.

"박 사장님."

"날 기억합니까?"

"잊을 리가요."

잠깐 동안 침묵이 흘렀다. 박이 입을 열었다.

"아까부터 긴가민가했지 뭐요. 김 사장은 어찌 지내시고, 사모님을 이렇게 험한 곳에서……."

"죽었어요."

여자는 높낮이 없는 목소리로 대꾸했다. 박은 말문이 막혔다.

"먼저 주문하세요."

여자가 메뉴판을 내밀었다.

3

국수를 하나씩 시켜 놓고 두 사람은 말없이 식사했다. 박은 자신 앞에서 후룩후룩 소리를 내며 면발을 입 속에 넣고 있는 여인을 이따금 바라보았다. 딜러로 일하겠다던 그는 어디 가고 아내만 덩그러니 남아 있을까. 김 사장은 왜 죽었을까. 물어보지 않아도 답을 알 것 같았다. 자신을 돌아보는 것만으로도 대답은 충분했다. 그러자 또 다른 질문이 생겨났다. 그렇다면 나도 곧 김 사장처럼 될 것인가. 언제. 어떻게. 그 질문을 지워버리려고 박은 입을 열었다.

"얼마나 된 겁니까? 여기서 일한 지."

면을 다 먹은 여자는 그릇을 통째로 들고 국물을 마셨다.

"십 년쯤 됐죠."

"왜 못 봤지? 보가타에 자주 왔는데."

"이 호텔로 옮긴 지는 몇 달 안 됐으니까."

"그전에는?"

"타지마할이죠."

김 사장의 몰락 이후 뉴욕 한인들은 그곳을 '따지마할'이라 불렀다. 대대로 그 호텔에서 패가망신한 한인들의 이야기가 전설처럼 전해 내려오긴 했지만, 새로운 전설의 주인공이 김 사장이 될 줄은 누구도 몰랐다. 어쩌면 그 자신도 몰랐을 것이다. 하지만 믿기 어려운 일은 현실이 됐고, 눈앞에 앉아 있는 여자의 말에 따르면 그는 더 이상 이 세상에 없다. 박은 김 사장의 가게를 인수한 뒤론 타지마할에 가지 않았다. 꺼림칙하기도 했고 혹시나 마주칠 일을 만들고 싶지 않아서였다. 가게가 안정궤도에 들어서기까지는 사실상 그럴 여유도 없었다. 주말에 애틀랜틱시티에 내려오기 시작한 건 사업이 자리를 잡고 손에 돈이 조금씩 쥐어질 무렵부터였다. 목적지는 새로 지은 보가타 호텔이었다.

"최근에 간 겁니까, 김 사장은?"

여자가 소리를 내어 트림했다.

"아뇨. 내려오자마자."

"전혀 몰랐는데."

"안 알렸어요. 알릴 수도 없었고. 미국 건너와서 이십 년 동안 겨우 만들어놓은 가게들 다 날린 것도 억울한데, 빚까지 남아 있었으니까. 내가 알린다고 사람들이 그 빚 없던 거로 해주겠어요? 그 사람 죽음 팔아서 돈 마련하고픈 생각도 없었고. 그런 건 그이도 원치 않았을 거고."

박은 여자의 목소리가 미세하게 떨리고 있다고 생각했다. 단단하게 굳은 표면 아래서 뭔가가 꿈틀거렸다. 그는 그녀의 얼굴에 드리워진 그림자 속을 들여다보려고 애썼다. 저 여자가 건너왔을 10년을 상상했다. 믿었던 남편의 실체, 사업 실패, 낯선 곳으로의 이주, 생활의 추락, 새로운 일, 쌓여 있는 빚, 죄 없는 아이들, 돌연한 죽음. 김 사장은 어떻게 죽었을까. 자살일까? 사고일까? 누가 죽인 걸까? 박은 자기 집 화장실에서 목을 맨 채 빙글빙글 돌고 있는 김 사장을 상상했다. 해변에 앉아서 파도를 바라보다가 어두워진 바다로 걸어 들어가는 김 사장을 상상했다. 눈앞의 여자가 퉁퉁 불은 남편의 시체 앞에서 무너지는 것을 상상했다. 9, 1, 1을 한번에 제대로 누르지 못하고 계속 반복하는 누군가의 떨리는 손가락을 상상했다.

김 사장의 실패는 박의 연료였다. 그 식당을 출발점으로 해서 지난 10년간 박은 눈부신 아메리칸드림을 이뤘다. 그 시작에서 김 사장의 죽음을 알았더라도 마찬가지였을 것이다. 그때나 지금이나 김 사장의 목숨은 박에게 별다른 의미가 없었다. 다 쓴 연료의 행방을 누가 궁금해한단 말인가. 하지만 박은 이제 거꾸로 자신의 죽음도 그러하리라는 것을 알았다. 젓가락으로 식어가는 면을 건져 입에 넣었다. 기름이 둥둥 떠다니는 해산물 국수는 맛이 형편없었다.

"죽을 건가요?"

여자가 말했다. 박은 고개를 들어 여자를 바라보았다. 여자는 자기가 언제 뭘 묻기라도 했냐는 듯 무심하게 박을 쳐다보고 있었다.

"누가요?"

박은 짐짓 못 알아듣겠다는 듯 되물었다.

"게임하는 거 보면 알아요. 따려고 하지 않는 사람들이 있지요. 그치들 목적은 그냥 잃는 거예요. 돈이든 시간이든. 눈은 풀려 있고 정신은 딴 데 가 있고. 게임에 집중도 하지 않으면서 무작정 앉아 있죠. 자기 패가 뭔지도 모르면서."

"내가 그랬단 얘깁니까?"

여자는 박을 빤히 보다가 말했다.

"그래도 죽진 마세요."

갑자기 아랫배가 쓰려왔다. 박은 여자에게 양해를 구하고 일어나 화장실로 달려갔다. 심한 설사였다. 돌아오니 여자는 자리에 없고 20불짜리 지폐 한 장과 포춘쿠키 두 개만 빈 국수 그릇 옆에 덩그러니 놓여 있었다.

4

박은 계산을 하고 식당을 나왔다. 카지노 공기가 답답하게 느껴졌다. 아케이드에서 바다 쪽으로 곧장 연결되는 출구가 보였다. 박은 육중한 유리문을 열고 밖으로 나갔다. 보드워크라고 불리는 길 오른편으로는 대서양이, 왼편으로는 상점과 호텔이 늘어서 있었다. 박은 좁은 나무판자로 이어진 길을 천천히 걸었다. 유모차를 미는 젊은 부부, 해변에 어울리게 가볍게 차려입은 연인, 서로 떨어진 채 느릿느릿 걷는 노부부, 시끌벅적한 한 무리의 관광객. 그의 곁을 지나가는 이들은 대개 혼자가 아니었다. 박은 자신도 혼자가 아니었던 때가 있었음을 기억해내려 했지만 잘되지 않았다. 분명 그도 곁에서 함께 걸었던 이들이 있었는데, 그들의 얼굴은 구멍처럼 텅 비어 있었다. 이제는 트렁크에 누워 있는 아내의 얼굴조차 희미했다.

걸음을 멈추고 바다를 바라보았다. 해가 지려는지 하늘에 붉은 기운이 맴돌았다. 박은 모래사장 방향으로 걸음을 옮겼다. 단단한 보드워크에서 빠져나오자 발밑에 고운 모래가 밟혔다. 아직 한여름은 아니었지만 성미 급한 수영객 몇이 바다에 들어가 있었다. 모래사장에 놓인 네댓 개의 선베드 위에서 책을 읽거나 눈을 붙이고 있는 사람들이 보였다. 박은 파도가 그려 놓은 갈색 경계선 근처까지 다가가 섰다. 바다에서 후텁지근한 바람이 불어왔다.

박은 이 장면이 낯설지 않다고 느꼈다. 석양을 반사하는 바다. 짠 내가 섞인 바람. 허공을 어지러이 날아다니는 갈매기 떼. 하지만 이 낯익음은 시간의 축 위에서 그가 위치한 현재의 지점과는 너무 멀리 떨어져 있어, 그 연원을 찾아내는 데 꽤 오래 걸렸다. 파도가 한참 동안 밀려들었다가 빠져나가고, 갈매기 몇 마리가 그의 주위에 앉았다가 떠나가기를 여러 번 반복한 끝에 마침내 기억을 찾아냈다. 40여 년 전 소년 시절을 보냈던 인천 월미도 앞바다에서였다.

방과 후면 동네 친구들과 삼삼오오 어울려 월미도로 향했다. 공부에 목을 매거나 얌전한 모범생 타입은 아니었으므로 날씨가 좋은 날이면 종종 오후 수업을 빼먹기도 했다. 지금 그가 서 있는 대서양 해변 같은 백사장은 없었지만, 대신 월미도에는 까마득하게 펼쳐진 검은 갯벌이 있었다. 콘크리트로 펄이 메워지고 온갖 카페와 술집, 횟집이 들어서기 전의 일이었다. 갯벌 너머로 뿌연 바다가 보이면 누가 먼저랄 것도 없이 뛰기 시작했다. 물에 들어가면 박과 친구 무리들은 해가 질 때까지 밖으로 나오는 법이 없었다. 그는 달음박질로 갯벌을 지나 바닷속으로 뛰어들 때의 감각, 언제나 날씨보다 차가웠던 수온의 청량한 느낌을 기억해냈다. 잠수를 하다 숨이 가빠 수면 위로 올라왔을 때의 폐가 터질 듯한 고통을 기억해냈다. 누가 더 빨리 다녀오는지를 놓고 곧잘 내기하던 등대를 향해 헤엄쳐 갈 때의 흥분을 기억해냈다. 누군가 빽 소리를 지르면 모두가 자맥질을 멈추고 넋을 잃은 채 물속에서 지켜보던, 저물어 가면서도 온 세상을 삼킬 듯 붉던 태양의 얼굴도.

해가 완전히 사라지면 그제야 아이들은 하나둘 물 밖으로 나왔다. 땀과 바닷물이 섞인 물방울들은 집에 도착할 때까지 그의 뒤를 좇았다. 어머니는 늘 부엌에서 육 남매의 저녁을 차리고 있었다. 집 안 전체에 비릿하고 고소한 꽁치 굽는 냄새가 퍼지는 날이 많았다. 오가다 만난 누나들은 이유도 없이 머리를 쥐어박았다. 몸을 녹이기 위해 아궁이 옆에 쪼그려 앉아 있노라면 어머니는 무심하게 말하곤 했다. 오델 그렇게 저녁까지 싸돌아 댕기냐. 감기 들게. 이따금 어머니는 부엌 한쪽에 식구들 몰래 숨겨놓은 누룽지를 조금 떼어다가 박에게 주곤 했다. 그때 먹은 누룽지는 세상의 어떤 사탕보다도 달았다. 박은 어머니에게 누룽지를 얻어먹은 사람은 자기뿐일 거라고 굳게 믿었다.

어머니의 부음이 날아든 건 박이 미국에서 영주권을 얻기 위해 한창 고군분투하던 때였다. 영화감독이라는 허황된 꿈을 안고 미국으로 건너온 한 청년의 목표가 생활과 생존으로 옮겨가던 시기이기도 했다. 군대를 제대하고 부평의 작은 베어링 공장에 취업했던 청년 박은 자신의 처지를 답답하게 여겼다. 그는 자기 일이 싫었고, 바람 잘 날 없는 집구석이 싫었고, 지긋지긋한 인천이 싫었다. 그곳을 벗어나기 위해 박은 자신의 아주 어렸을 적 꿈을 소환해야 했는데, 그게 바로 영화감독이 되는 거였다.

목표는 뉴욕의 영화학교였다. 그는 1년간 딱 돈 100만 원을 모아 미국으로 건너왔다. 거기엔 형과 누나들에게 빌린 돈도 일부 포함되어 있었다. 그러나 뉴욕은 그가 생각했던 것만큼 녹록치 않은 도시였고, 가져온 돈은 월세 몇 번에 바닥을 드러냈다. 결국 박은 한국 식당에서 일을 시작했다. 100불도 안 되는 주급을 받으며 셔터를 올리는 것부터 청소, 주문, 계산, 설거지, 때로는 정산까지 모든 일을 해내야 했다. 셔터를 내리면 아무도 없는 식당 안에서 새우잠을 잤고 날이 밝으면 다시 똑같은 하루를 반복했다. 그러는 사이 어학원을 통해 어렵사리 받은 1년짜리 유학생 비자는 만료되었다.

전화를 걸어온 건 둘째 형이었다. 어머니의 바람대로 착실하게 커서 국어 교사가 된 그는 막내인 박과 열네 살 차이가 났다. 덩치가 좋고 성격이 불같아서 동생들을 자주 때렸기 때문에 박은 그를 무서워했고 좋아하지도 않았다. 둘째 형은 다짜고짜 들어오라 했지만, 박은 망설였다. 불법체류자 신분으로 미국을 떠나면 다신 못 들어오게 될까 봐 부모상을 당해도 나가지 않는 교민이 부지기수였다. 박은 이미 죽은 어머니보다는 자신의 미래가 더 중요하다고 생각했다. 당신에게는 자신 말고도 자식이 다섯이나 더 있고, 가봤자 고인이 살아 돌아오는 것도 아니니까. 미국으로 건너오기 전 아버지의 임종은 지켰으니 할 도리를 반은 했다고도 생각했다. 마침내 그가 한국에 다시 전화를 걸어 못 가겠다는 말을 했을 때, 둘째 형은 순순히 알았다고 했다. 그리고 앞으로 다시는 통화할 일 없을 거라고 했다. 건강하라는 상투적인 인사로 박이 전화를 끊으려는데, 둘째 형이 끝내 소리쳤다. 씨팔, 넌 사람도 아니다. 개 같은 새끼.

순간 서늘한 한기가 발끝을 덮쳤다. 박은 깜짝 놀라 뒷걸음쳤다. 멍하니 서 있던 그의 발 위로 파도가 올라탔다가 사라진 뒤였다. 구두 속으로 바닷물이 들어와 양말까지 다 젖었다. 박은 조그맣게 씨팔, 중얼거리고는 뒤돌아 호텔 쪽으로 걷기 시작했다. 보드워크에서 호텔 입구로 들어가기 전 그는 딱 한 번 뒤를 돌아보았는데, 그 순간 바다는 세상의 모든 물고기가 죽은 것처럼 온통 붉게 물들어 있었다.

5

엘리베이터를 타고 방으로 올라간 박은 소파에 다시 몸을 묻었다. 텔레비전을 켜자 토크쇼가 한창이었다. 가만히 앉아서 줄곧 이야기만 나눌 뿐인데 진행자와 게스트 모두 뭐가 그리 재미있는지 시종일관 낄낄거렸다. 미국에 산 지 스무 해가 지났지만 여전히 그는 그들의 웃음에 동참할 수 없었다. 나이가 들수록 영어는 더 불편해지기만 했다. 그의 눈에는 그들의 말을 알아듣고 비슷한 농담을 주고받는 것으로 이 사회의 일원이라고 착각하는 이민 1.5세나 2세들이 더 우스워 보였다.

그래 봤자 너넨 들러리야. 재네 눈에 우린 아무리 돈을 많이 벌었어도 그냥 세탁소, 음식점, 청과물 가게 주인일 뿐이라고. 낯선 이들로부터 당신은 미국에 살면서 왜 영어를 더 배우지 않느냐는 말을 들을 때마다 그는 속으로 생각했다. 좆 까고 돈이나 벌어라, 병신들아.

두통이 심해지고 어깨와 등의 여러 근육이 아팠다. 곧 몸살을 앓을 것 같았다. 통증이 계속되자 박은 텔레비전을 끄고 소파에서 일어나 옷을 벗었다. 셔츠와 바지를 티셔츠와 반바지로 갈아입고 가방에서 진통제를 찾아 두 알 삼키고는 위스키로 입가심했다. 반대쪽 1인용 의자에 앉아 있으려니 조금 전까지 앉았던 초록색 소파가 눈에 들어왔다. 약을 먹어도 통증이 금방 사라지지 않아 박은 눈을 감았다. 그래, 저기서 밤새 신나게 뒹굴던 날도 있었지. 백인들과 영어로 농담을 나눌 순 없어도 함께할 수 있는 일이 있으니까. 섹스는 언어가 필요 없는 커뮤니케이션이었다. 충분한 현금과 몇 잔의 술, 물에 타 먹는 동그란 알약 하나면 충분했다. 어디선가 원피스 지퍼 내리는 소리가 들려오는 듯했다.

강을 부리기 시작한 이후 박은 강과 함께 애틀랜틱시티에 내려오는 일이 잦아졌다. 강은 박의 동향 후배로, 김 사장 가게를 인수하던 무렵 고교 동창 모임에 나갔다가 만난 인연으로 함께 일하게 되었다. 매사 계획적이고 세심한 박에게는 수족처럼 부릴 수 있는 행동대장 스타일의 파트너가 필요했는데, 강이 적격이었다. 덩치가 크고 힘도 센 데다 성격도 괄괄해 같이 다니면 든든했다. 낯을 가리는 아내도 강을 마음에 들어했고 강도 아내를 잘 따랐다.

강을 데리고 다니면서 골치 아픈 몇 가지 일이 해결됐다. 주로 돈을 받아내는 일이었는데, 강은 채무자들을 다루는 법을 잘 알고 있었다. 욕에서부터 가벼운 완력, 생명에 위협을 느낄 만한 유무형의 협박까지 강은 일을 곧잘 했다. 박이 처음 강을 이곳에 데려온 것은 일종의 포상이었다. 한 1000불 줄 테니까 놀다 가자. 보가타 호텔에 차를 대며 박이 말했을 때, 강은 씩 웃으며 대꾸했다. 형님, 고생하셨는데 재미도 좀 봐야 하지 않겠습니까.

콜걸을 부르기 시작한 건 그때부터였을 것이다. 강이 호텔 매니저 라이언에게 100불짜리 두 장을 쥐여주며 뭐라고 속닥거리자 라이언은 자신의 개인 휴대전화를 꺼내 어딘가로 전화를 걸었다. 이십 분쯤 후에 방으로 누군가 올 거라고 했다. 약속대로 이십오 분 후에 스위트룸 벨이 울렸고, 문을 열자 붉은색과 노란색 원피스 차림의 늘씬한 백인 미녀 둘이 서 있었다.

리사와 모니카라고 자신들을 소개한 그녀들이 너무 아름답고 우아한 자태여서 박은 눈앞의 광경이 비현실적이라고 느꼈다. 파트너를 바꿔가며 진행된 섹스는 새벽까지 이어졌다. 박은 그들의 끈팬티 속에 100불짜리 지폐 서너 장씩을 넣어주었다. 다음 날 첫 소변을 보면서 박은 자신의 물건에 처음으로 멍이 들었음을 알았다.

김 사장한테 인수한 맨해튼 한식당에 박은 〈큰기와집〉이라는 이름을 붙였다. 박이 주방장을 비롯한 인력 관리와 경영을 맡고, 아내가 고객 관리와 돈 관리를 맡았다. 힘을 써야 하는 일이나 궂은일은 대부분 강이 나서서 해결했다. 코리아타운 전체의 확장과 함께 장사의 규모는 금세 커졌다. 셋의 팀워크가 좋은 것도 한몫했다. 5년 만에 은행 대출을 모두 갚고, 새로 대출을 받아 다운타운과 뉴저지에 각각 〈청기와집〉과 〈백기와집〉이라는 분점을 냈다. 사람들은 점차 박을 회장님이라고 부르기 시작했다. 최초로 음식점을 인수한 지 7년 만에 박은 모든 부채를 청산하고 음식점 세 개와 대저택 두 채, 플로리다의 별장, 고급 세단과 SUV 여러 대를 소유한 성공한 이민 1세가 되었다. 교민신문에 그의 성공담이 소개되고, 다 세기 힘든 각종 모임의 장으로 추대되었다. 연락이 끊어졌던 사람들의 안부 전화가 빗발쳤는데 끝까지 듣고 보면 열에 일곱은 돈을 빌려달라는 부탁이었다.

기억할 만한 순간은 어디선가 소문을 들은 둘째 형이 전화를 걸어왔을 때였다. 형은 다소 머뭇거리면서, 대학생인 자신의 딸이 뉴욕으로 어학연수를 가고 싶어 하는데 경제적으로 어려움을 겪고 있다는 말을 꺼냈다. 박은 조카의 이름조차 기억하지 못했기 때문에 조카를 '그 애'로 지칭하면서 상황에 대해 좀더 묻고는, 필요한 1년치 학비와 생활비를 대주겠다고 했다. 형은 당황한 듯했지만 고맙다는 말을 끝까지 하지 않은 채 머뭇거리다가, 오래전처럼 전화를 끊기 직전에 한마디 덧붙였다. 넌 어릴 때부터 참 남달랐어.

사업이 궤도에 오르자 박에게 찾아온 감정은 뜻밖에도 무료함이었다. 은행 잔고는 현실감 없는 숫자들로 점점 쌓여갔고 어딜 가든 사람들은 그를 반기며 고개를 숙였지만, 정작 박은 인생이란 게 이렇게 따분한 것이었나 싶을 정도로 권태로웠다. 권태를 이기기 위해 그가 찾은 것이 섹스와 도박이었다. 주중에는 각종 모임에서 만난 젊은 여성들과 뉴욕 시내의 호텔을 찾았고, 주말이면 강과 함께 애틀랜틱시티에 내려가 본격적으로 도박과 섹스를 즐겼다.

아내가 이혼을 요구한 것은 그즈음이었다. 젊은 시절 식당 일을 하다 만난 아내는 온갖 고생을 같이한 동료였다. 어려운 시절을 헤쳐 나오느라 그들은 아이조차 부러 갖지 않았다. 형편이 나아져 가지려 했을 때 아내는 자연임신 불가 판정을 받았다. 시험관시술을 여섯 번이나 받았지만 실패했다. 이후 그녀는 틈만 나면 돈과 아이를 맞바꾼 일이 평생의 한이라고 말하는 버릇이 생겼다.

그로부터 한참 후, 고생 끝에 비로소 낙이 찾아왔는데도 아내는 별로 행복해 보이지 않았다. 박은 아내의 어두운 표정을 볼 때마다 기분이 나빠졌다. 과거에 사로잡힌 채 현재를 누리지 못하는 그녀가 어리석다고 생각했다. 이혼 생각을 하지 않은 건 아니었지만 성공하더니 조강지처를 버렸다는 말이 듣기 싫어 참고 살았다. 퍼 주어야 할 위자료를 생각하면 아까운 마음도 들었다. 부부관계는 끊긴 지 오래였고, 날이 갈수록 하루에 몇 분 대화하기조차 힘들었다.

어느 날 점심과 저녁 사이, 손님이 뜸한 시간에 아내는 커피 한잔 마시러 나가자고 했다. 전에 없던 일이었기 때문에 박은 꺼림칙했다. 근처 카페에 들어가 주문을 하고 음료가 채 나오기도 전에 아내는 탁자 위로 사진 몇 장을 내밀었다. 그와 낯선 여자들이 맨해튼 W호텔에 들어가는 사진이었다. 박은 무표정하게 사진을 내려다보다가 아내를 보며 말했다. 그래서 어쩌자고. 아내는 망설임 없이 답했다. 이혼해야지. 이혼이 그렇게 쉬워? 퉁명스럽게 말을 내던지는 박에게 아내는 말했다. 식당 하나만 줘.

박은 맨해튼에 있는 〈큰기와집〉을 주었다. 가장 규모가 크고 단골도 많으며 그들의 첫 식당이라는 의미도 있었지만, 그렇게 해버렸다. 사실은 월세도 가장 비싸고 수익도 적게 날뿐더러 뉴욕이라는 도시가 태생적으로 싫었기 때문이다. 아내는 상대적으로 규모가 작은 〈청기와집〉이나 〈백기와집〉이 아니라 가장 큰 식당을 준 것에 의아해하는 눈치였다.

양쪽에서 한인 이혼 전문 변호사를 선임하자 절차는 빠르게 진행되었다. 25년의 결혼 생활을 정리하는 데 두 달이면 충분했다. 모든 절차가 완료되었다는 변호사의 전화를 끊고 나자 박은 자신이 조금 더 어른이 된 것 같다고 느꼈다. 이혼이란 성공한 남자의 상처이자 증거라고 그는 생각했다. 언젠가 달아야 할 딱지를 이제 단 것뿐이라고.

이혼 후 박은 한동안 기분이 좋았다. 삶의 모든 영역에서 에너지가 넘치는 느낌이었다. 그게 다 찌푸린 아내의 얼굴을 보지 않아도 되어서라고 그는 믿었다. 주중에는 가게를 강에게 맡겨 두고 골프를 치러 다녔고 주말에는 강과 함께 애틀랜틱시티에 내려갔다. 애틀랜틱시티에서는 버릇대로 진탕 놀았지만 오가는 길에는 강에게 꼼꼼히 보고를 듣고 지시를 내렸다. 카지노에서 놀다 밤이 되면 방으로 올라갔다. 다른 여자들을 부를 때도 있었지만 그들은 주로 리사와 모니카를 불렀다.

창밖에서 화려한 불꽃놀이가 펼쳐지는 동안 강은 초록색 소파에 앉아 모니카의 애무를 받으며 리사와 엉켜 있는 박을 지켜봤다. 박이 나가떨어지면 강은 박에게 슬쩍 고개를 숙이고 리사에게 다가가 거칠게 그녀를 안았다. 굵은 팔뚝으로 리사의 금발을 연신 잡아당기는 바람에 그녀는 비명에 가까운 신음을 내곤 했다. 박은 약 때문에 몽롱한 정신으로 시가에 불을 붙이며 그 광경을 바라보던 자신을 떠올렸다. 내 거라면 뭐든 뺏고 싶어 하던 놈이라는 걸 그때 알았어야 했다고, 박은 생각했다.

눈을 뜨자 강이 앉아 있던 초록색 소파가 보였다. 거기엔 리사도 모니카도 강도, 그 시절의 박도 없었다.

6

새벽녘에 잠이 깬 건 통증 때문이었다. 박은 허리 아래가 저린 느낌에 몸을 뒤척였다. 한 방울씩 떨어지는 물처럼 서서히 밝아지던 의식이 누군가 둔기로 밤새 내리친 듯한 통증과 함께 돌연 폭포수처럼 쏟아졌다. 그는 자신이 침대 위에 새우처럼 웅크리고 누워 있다는 것을 깨달았다. 식은땀으로 등허리가 흥건했다. 발가락을 움직이려 했지만 머리와 발 사이의 거리가 뉴욕과 LA만큼이나 멀게 느껴졌다.

꿈에서 그는 어머니를 보았다. 엄마는 누룽지를 들고 있었다. 박은 자신의 것이라고 소리치며 달려갔다. 그러나 엄마는 한 번도 보지 못한 엄한 얼굴로 그를 꾸짖으며 말했다. 그건 네 것이 아니야. 한 번도 네 것이었던 적이 없지. 넌 다른 아이 걸 뺏어 먹은 거다.

하나의 몸에 존재하는 시차 속에서 그는 어머니의 얼굴을 떠올리려 애썼지만 실패했다. 엄마의 얼굴은 우물처럼 깊고 오목하게 패어 있었다. 목덜미 전체를 가로지르는 반복적인 통증 때문에 그는 더 이상 무엇도 생각하거나 상상할 수 없었다. 가까스로 몸을 펴고 대자로 누워 이불을 끌어당겼다. 의식과 무의식의 경계에서 그는 쉼 없이 밀려오는 고통의 파도를 꼼짝없이 맞고 서 있어야 했다. 파도는 차갑고 세고 영원히 반복될 것 같았다.

박이 침대를 벗어난 것은 정오가 훨씬 지나서였다. 그는 시체처럼 무거운 몸을 일으켜 화장실에 갔다가 물을 두 컵 마신 후 진통제 네 알을 삼켰다. 소파에 기대어 앉아 있을 때 커피 테이블 위에 놓아둔 휴대전화가 울렸다. 모르는 번호였다. 뉴욕 지역번호로 시작하는 발신번호를 보고 아마도 경찰일 거라고 생각했다. 사라진 사장과 강 때문에 식당은 하루 동안 혼란의 연속이었을 것이다. 어제저녁 늦게 실종 신고를 했을 테고, 경찰은 오늘 아침부터 수사에 착수했겠지. 경찰이 맨 먼저 박에게 연락하는 것은 당연한 수순일 터였다. 강과 아내, 그리고 박은 이미 여러 건의 소송으로 얽혀 있는 상태였다. 박은 휴대전화의 전원을 껐다.

강의 행동이 심상치 않다고 느낀 건 이혼하고 몇 달이 지나서부터였다. 뭐라 딱 꼬집어 말할 수는 없었지만 박은 자신을 대하는 강의 태도가 조금 달라졌다고 느꼈다. 강은 박을 지나치게 의식하는 듯했고, 평소와 다르게 매우 신중하고 조심스러운 사람처럼 보였다. 그즈음 박은 남부 뉴저지와 업스테이트 뉴욕 쪽에 식당들을 새로 오픈할 준비를 하고 있었다. '기와집'이라는 단어를 브랜드 삼아 이번에는 〈홍기와집〉과 〈새기와집〉이라는 이름을 붙일 계획이었다. 기와집을 미국 전역으로 뻗어 나갈 한식 프랜차이즈로 키우는 것이 그의 목표였다. 굵직한 계약 조건들은 건물주와 대강 합의가 된 후라, 계약서를 확인하고 사인만 하면 되는 상태였다. 박은 강을 대리인으로 내세워 계약을 마무리 짓도록 했다. 그렇게 하면 세금 문제에서 얼마간 이득이 있을 거라는 변호사의 충고를 따른 거였다. 그러나 얼마 후 서류에 문제가 생겼다. 뒷돈까지 먹인 건물주가 최종적으로 박이 아닌 다른 사람에게 세를 주기로 했다는 거였다. 그 세입자의 상호는 〈큰기와집〉이었다.

박은 강을 사무실로 불러 호되게 질책했다. 덩치가 커다란 강은 몸을 접듯이 숙이며 죄송하다는 말을 반복했다. 박은 분을 이기지 못하고 강의 따귀를 연달아 때렸다. 두 대를 맞던 강이 세 번째에 박의 손목을 잡았다. 그만하시죠, 형님. 강의 목소리는 차분했다. 박은 등골이 오싹해졌다. 너, 설마 일부러 그런 거냐. 강은 박의 손바닥 자국이 남아 있는 자신의 볼 안쪽에 혀를 넣어 볼록하게 만들었다. 대답해. 대답하라고 새끼야! 양 손목이 잡힌 채 박은 소리 질렀다. 박이 발로 수차례 걷어찼지만 강은 꿈쩍도 하지 않았다. 이윽고 강이 말했다. 형수님도 먹고살아야죠. 박은 움직임을 멈추고 강을 쳐다보았다. 뭐? 그 순간 강이 박을 벽 쪽으로 세게 밀쳤다. 박은 힘없이 딸려가 책장에 부딪혔다. 책 몇 권이 바닥으로 떨어졌다. 강은 바닥에 넘어져 있는 박을 내려다보다가, 목을 풀듯 고개를 좌우로 움직이며 말했다. 그동안 해도 너무하셨어.

그 뒤로 강은 박 앞에 나타나지 않았다. 그제야 퍼즐 맞추듯 모든 것이 맞춰지기 시작했다. 박은 강이 계약을 위해 사인해야 한다며 가져오던 한 뭉치의 서류들을 기억해냈다. 서명할 자리들만 계속해서 등장하던 겹쳐진 문서들. 박은 아무런 의심 없이 자신의 서명을 휘갈겼다. 강을 믿었고 더 정확히는 강을 믿는 자신을 믿었다. 꼬리에 꼬리를 물고 이어지던 생각은 마침내 아내가 이혼 이야기를 꺼낸 순간까지 거슬러 올라갔다.

이 모든 것이 강의 머리에서 시작되었을지 모른다고 생각하니 맥이 풀렸다. 아내가 내밀었던 내연녀와의 사진들(그건 누가 찍었을까?), 분명하고도 현실적인 이혼 요구 조건(아내는 이상주의자인 데다 본래 빙 돌려 말하는 사람이다), 돕는 사람이 있는 것처럼 너무나 수월하고 신속했던 이혼 과정(아내 뒤에 다른 사람이 있을지 모른다는 생각을 왜 진작 하지 못했을까?).

박은 의미 없어진 서류들을 내려다보며 스스로를 원망하고 강과 아내를 저주했다. 얼마 후 한인 사회에 강이 맨해튼 〈큰기와집〉에 나타나기 시작했다는 소문이 돌았다. 변호사에게서는 〈청기와집〉과 〈백기와집〉 소유권에 관한 소송이

제기됐다는 전화가 걸려왔다. 예상대로 소송을 걸어 온 사람은 아내와 강이었다.

아직 전부를 뺏긴 것은 아니었다. 박에게는 여전히 자기 소유의 집 두 채와 몇 대의 자동차, 그리고 두 개의 음식점이 남아 있었다. 하지만 그는 새로운 가게를 뺏겼고 심복이었던 강을 뺏겼고 아내를 뺏겼다. 박은 뺏긴 것들 모두 곁에 둘 가치가 없는 것들이었다고 자신을 위로했다. 얼마간 그 위로가 통하는 것 같기도 했다. 그러나 오래 지나지 않아 박이 생각 없이 사인했던 문서들의 정체가 드러나고, 그 문서들이 〈청기와집〉과 〈백기와집〉에 대한 소유권을 스스로 포기하고 아내에게 양도한다는 내용이며, 저들이 걸어온 소송에서 재산을 지키려면 이제 거꾸로 그 문서가 어떻게 왜 위조되었는지를 밝혀야 한다는 사실을 알게 되자 박은 미친 사람처럼 소리를 지르며 사무실 안을 뛰어다녔다.

며칠간의 폭음 끝에 두 사람을 죽여야겠다는 결론에 다다랐다. 그는 사람을 고용해 아내와 강의 뒤를 밟게 했다. 아내는 특별할 것 없이 하루 중 대부분을 가게에 머물렀다. 강은 느지막이 집을 나와 이곳저곳에서 사람들을 만나다가 저녁 9시 무렵 〈큰기와집〉으로 들어가 새벽 3시쯤 아내와 같이 나온다고 했다. 11시쯤 식당 영업이 끝나면 뒷정리와 청소를 하고, 종업원들은 1시에 퇴근한다. 이후에는 아마 둘이

서 돈 계산을 할 거고, 안쪽 휴게실에서는 서로를 안기도 하겠지. 처음 〈큰기와집〉을 인수해 정신없이 장사에 매달릴 무렵 자신과 아내가 생활하던 패턴이었다.

박은 복사해두고 가게를 인수할 때 넘겨주지 않은 여분의 식당 열쇠 꾸러미를 찾아냈다. 현금으로 총도 구했다. 총기 소지 허가가 없었지만 브로커에게 500불을 더 얹어주니 하루 만에 총과 탄환 다섯 발이 수중에 들어왔다. 박은 시간을 오래 끌고 싶지 않았다. 고용한 사람으로부터 강이 저녁 늦게 음식점에 들어갔다는 보고를 들은 날 새벽, 박은 〈큰기와집〉을 찾아갔다.

눈을 떠 보니 박은 소파에 웅크리고 있었다. 저녁 시간이 거의 다 됐고 배가 고팠다. 다행히 통증은 얼마간 가라앉은 듯했다. 박은 룸서비스를 불러 감자수프와 토마토파스타를 주문했다. 종업원이 음식을 들고 와 거실 식탁에 세팅을 해주는데 입 안에 침이 고였다. 종업원이 문을 닫고 나가자마자 그는 며칠 굶은 사람처럼 허겁지겁 음식을 입에 쑤셔 넣었다. 저녁을 다 먹고 나니 컨디션이 한결 나아졌다. 잠시나마 주말마다 애틀랜틱시티에 내려오던 그때로 돌아간 기분이 들었다. 하지만 어제 던져놓은 소파 위의 총을 보자 그 기분이 싹 사라졌다. 트렁크에 들어 있는 시체들 생각이 그를 다시 현실로 되돌려놓았다.

박은 가진 돈을 전부 꺼내 모아 보았다. 사업 확장과 소송으로 자금을 무리하게 운용하다 보니 정작 은행에는 잔액이 많지 않았다. 그나마 어제 새벽 내려오는 길에 휴게소 ATM에서 뽑아 온 잔액까지 합쳐 수중에 있는 돈은 총 5875불뿐이었다. 담배를 한 대 꺼내 피우며 박은 생각했다. 이걸로 멕시코 국경을 넘을 수 있을까. LA로 간다면 누굴 찾아가야 할까. 중부에 숨어 있으려면 어느 도시가 좋을까. 담배가 다 타기도 전에 다시 머리가 지끈거렸다. 저기 놓여 있는 총을 들고 당기면 당장이라도 이 고민을 끝낼 수 있다. 박은 담배를 비벼 끄고 일어나 총을 집어 들었다. 그때 그 여자 생각이 났다.

7

카지노로 내려간 박은 매니저를 찾았다. 심한 곱슬머리의 중년 흑인이 나타나 그에게 무슨 일이냐고 물었다. 카지노 바깥에서 들어온 태양의 잔광이 그들이 서 있는 카펫을 오렌지색으로 물들였다.

"딜러를 찾는데. 킴이라고."

매니저는 잠시 뜸을 들이더니 그녀는 근무 중이 아니라고 했다. 어제도 오후에 퇴근하는 걸 봤으니 오전조에 속한 모양이었다. 박은 20불짜리 지폐를 하나 건네며 매니저에게 간단한 부탁 하나만 들어달라고 했다.

"이 봉투 좀 전해주시오."

"이걸요?"

매니저는 난감한 표정을 지었다. 박이 고개를 끄덕였지만 매니저는 하얀 봉투를 물끄러미 내려다보기만 하더니 봉투와 지폐를 다시 돌려주며 말했다.

"어렵겠는데."

"왜죠?"

매니저는 내키지 않는 목소리로 답했다.

"오늘 킴은 오후조요. 그러니까 지금 근무를 하고 있어야 한단 뜻이지. 킴이 무단결근을 하는 바람에 오후 내내 나도 골치가 아팠다고. 미리 연락을 준 것도 아니고, 휴대전화는 꺼져 있고. 젠장, 동양인이라고 다 성실한 것도 아니라니까."

"무슨 일이 생긴 겁니까?"

"알 게 뭐요. 내일이면 또 멀쩡하게 출근하겠지. 돈이 궁한 여자니까."

매니저는 인상을 쓴 채 자리를 떴다.

박은 바다로 나가는 입구 쪽 슬롯머신 앞에 자리를 잡았다. 그녀에게 주려고 했던 5000불이 든 봉투에서 100불을 꺼내 넣었다. 레버를 당기고 버튼을 누르자 눈앞에서 숫자와 그림들이 맞춰졌다 흩어지기를 반복했다. 세븐 바나나 체리. 체리 세븐 스타. 스타 스타 바나나. 그림들은 맞춰질 듯 맞춰지지 않으며 회전했다. 기계적으로 버튼을 누를 때마다 시야가 조금씩 흐려졌다. 어느 순간 그림들은 아내와 강과 박 자신의 얼굴처럼 보이기도 했고, 총과 시체 자루와 킴처럼 보이기도 했다. 100불이 소진될 때마다 박은 따기를 두려워하는 사람처럼 계속해서 지폐를 넣었다. 중간중간 소액을 따기도 했지만 잃는 속도는 그보다 빨랐다. 그는 돈을 다 잃고 머신 앞에 앉아 있는 자신을 상상했다. 그때가 되면 선택할 수 있는 경우의 수는 한 가지로 좁혀질 것이고, 박은 차라리 그게 낫다고 생각했다.

재킷 안쪽에 들어 있는 총을 확인하려고 주머니를 뒤지는데 뭔가가 바닥에 떨어졌다. 박은 허리를 숙여 주머니에서 나온 조그마한 비닐봉지 두 개를 집었다. 국숫집에서 받아온 포춘쿠키였다. 그는 킴의 무표정한 얼굴을 떠올렸다. 봉투에는 아직 3000불 정도가 남아 있었다. 그녀가 없다면 찾아가면 되는 거 아닌가. 이러나저러나 어차피 내 결말은 하나니까. 박은 물끄러미 손에 든 포춘쿠키를 바라보다가 벌떡 일어나 안쪽에 있는 매니저에게 걸어갔다.

"킴 주소를 알고 싶은데."

매니저는 여전히 딱딱한 얼굴로 안 된다고 답했다. 박은 돌돌 말아 쥐고 있던 100불짜리를 건네며 다시 말했다.

"중요한 일이라서 그래요. 꼭 줘야 할 것도 있고."

매니저는 봉투를 흔드는 박과 그에게서 건네받은 100불짜리를 번갈아 쳐다보더니 잠깐만 기다리라고 했다. 그는 컴퓨터를 조회해서 나온 주소를 카지노 마크가 선명하게 찍힌 메모지에 옮겨 적어 건네면서 덧붙였다.

"킴한테 내일도 안 나오면 잘라버릴 거라고 전해요. 내가 주소 가르쳐줬다는 말은 하지 말고."

박은 고개를 끄덕이고는 출구로 향했다. 누군가 문을 열 때마다 바다 쪽에서 짭조름한 바람이 불어왔다.

8

매니저는 킴의 집이 카지노에서 걸어서 이십 분이면 갈 수 있는 거리라고 했다. 박은 호텔 앞에 설치된 대형 지도 앞에서 길을 어림했다. 오래됐는지 도로명과 지명 곳곳이 노랗게 바래 있었지만 못 알아볼 정도는 아니었다. 직선으로 큼직큼직하게 구획된 미국 도시답게 우회전, 직진, 좌회전,

우회전이 전부였다.

호텔과 카지노, 쇼핑몰이 몰려 있는 번화가를 벗어나는 데는 빠른 걸음으로 십 분이면 충분했다. 그러자 한 번도 보지 못한 풍경이 펼쳐졌는데, 그건 그가 알고 있던 애틀랜틱 시티와는 전혀 다른 이미지였다. 낡고 갈라진 도로, 더럽고 낙서 가득한 벽, 겨우 2층이 될까 말까 한 낮고 오래된 집들. 거리에는 인적이 드물었고 오가는 차들도 많지 않았다. 호텔의 인공적인 향취 대신 매캐한 연기와 정체 모를 음식 냄새가 병균처럼 공기 중에 떠다녔다. 태양은 거의 져서 도시의 민낯 위에 붉은 그림자를 드리우고 있었다. 박은 걸음을 재촉했다.

킴이 사는 아파트는 회색의 낡고 기다란 건물이었다. 박은 종이에 적힌 그녀의 호수 23B를 찾아 1층을 헤매다가, 2가 2층을 뜻한다는 걸 뒤늦게 깨닫고 위층으로 올라갔다. 녹슨 철제 계단에서는 발을 디딜 때마다 금방이라도 무너질 것 같은 소리가 났다.

23B는 복도 끝에서 두 번째 집이었다. 문 앞에 서서 박은 잠시 호흡을 가다듬었다. 서둘러 걸은 탓인지 겨드랑이와 등 뒤로 땀이 흐르고 있었다. 주머니에 들어 있는 봉투와 총을 차례로 확인하고 박은 문을 두드렸다. 반응이 없었다. 다시 노크를 하고 이번에는 귀를 가까이 댄 채 소리를 들어보

았지만 기척이 없기는 매한가지였다.

문고리를 돌리자 힘없이 문이 열렸다. 문가에 가지런히 정리된 몇 켤레의 신발들이 먼저 보였고, 큰 창문이 달린 넓지 않은 거실 일부가 눈에 들어왔다. 박은 열린 틈으로 천천히 걸어 들어갔다. 거실 너머 좁은 베란다에는 걷지 않은 빨래들과 함께 작은 탁자와 의자가 놓여 있었다.

여자를 발견한 건 현관에서 가장 먼 화장실에서였다. 킴은 이어폰을 낀 채 욕실 벽에 붙은 샤워기 꼭지에 느릿느릿 황금색 보자기를 묶고 있었다. 소리 내 불렀지만 킴은 돌아보지 않았다. 잠시 지켜보고 있던 박이 화장실 문을 세게 두드리자 그제야 돌아서서 그를 발견하고 킴이 괴성을 질렀다. 박은 달려들어 그녀의 손에서 보자기를 뺏었다. 그녀는 뺏기지 않으려고 그와 몸싸움을 벌이다가 욕실 바닥에 넘어졌다. 샤워기에서 물줄기가 뿜어 나와 두 사람 위로 쏟아졌다. 볼륨을 얼마나 높여 놨는지 벗겨진 킴의 이어폰에서 노랫소리가 억눌린 절규처럼 새어 나왔다. 할렐루야 찬양하세 내 모든 죄 사함받고 주 예수와 동행하니 그 어디나 하늘나라. 바닥에 주저앉은 킴이 흐느꼈다.

"밖으로 나와요."

박은 샤워기를 잠그고 보자기를 손에 감아쥔 채 거실로 나와 물을 끓였다.

부엌 찬장에서 한국식 믹스커피를 찾은 박은 전기포트를 들고 베란다 탁자로 나갔다. 킴이 타월을 두른 채 나타났다. 그새 눈이 붉게 충혈되어 있었다.

"여긴 어떻게 왔어요? 여기서 뭐 하는 거예요?"

킴은 창백해진 입술을 덜덜 떨며 말했다. 박은 대답하지 않고 커피 가루 위에 뜨거운 물을 부었다. 킴이 다시 안으로 들어가려는 듯 몸을 돌렸다. 티스푼으로 커피를 젓던 박이 그녀의 팔목을 잡았다.

"놔요."

그녀는 애원하듯 말했다.

박은 머그잔 하나를 킴 쪽으로 민 다음, 재킷 안주머니에서 총을 꺼내 탁자 위에 소리 나게 올려놨다. 커피의 달짝지근한 향이 순간 두 사람 사이의 공간에 퍼졌다. 박이 말했다.

"이거 한 잔만 먹고 죽읍시다."

믹스커피가 조금씩 줄어드는 동안 두 사람은 베란다에 앉아 황량한 동네 풍경과 멀리 솟은 높은 호텔들, 그 뒤로 희미하게 흔들리는 바다를 바라보며 이야기를 나눴다. 박은 킴의 본래 이름이 전영숙이라는 것을 알았고, 킴은 박의 자동차 트렁크 속에 시체 두 구가 있다는 사실을 알았다. 킴은 자신이 오랫동안 신과 남편을 증오했다는 이야기를 털어놓았다. 일주일에 한 번은 샤워기에 보자기를 묶는데, 오늘만큼은 꼭 성공할 것 같았다고도 했다. 박은 이제는 의미 없어진 도주 계획에 대해 말했는데, 플랜 C는 말하지 않았다. 그들이 이야기하는 동안 커피는 식으면서 줄어들다가 마침내 바닥을 보였다. 밖은 이제 완전히 어두워져 주황색 가로등과 호텔의 불빛만 반짝이고 있었다.

"이렇게 하죠." 머그잔을 내려놓으며 박이 입을 열었다. "한 사람을 정합시다. 총알은 하나뿐이니까."

"어떻게요?"

박은 주머니에서 주섬주섬 구겨진 봉투와 포춘쿠키 두 개를 꺼냈다.

"국숫집에 이걸 두고 가셨더라고. 뭔지 알죠?"

킴은 외계에서 온 물건을 보듯 비닐 포장에 싸인 쿠키를 만지작거렸다.

"더 짧은 문장이 적혀 있는 사람이 죽는 걸로 합시다. 단어 수대로. 보자기로 죽으려다간 하루 온종일 걸릴 테니 이 총을 상대방이 쏴주죠. 살아남은 사람은 이 봉투도 갖는 겁니다. 3000불 정도 들어 있거든. 있으나 없으나 큰 의미는 없는 돈이겠지만."

박은 동의를 구하듯 킴의 얼굴을 쳐다봤다. 킴은 잠시 박을 바라보다가 고개를 끄덕였다.

"그래요."

말이 끝나기 무섭게 박은 포춘쿠키를 손바닥에 올려 킴에게 내밀었다. 킴이 먼저 하나를 골랐고 박이 나머지를 가졌다. 킴은 포장지를 뜯으려다 멈추고 말했다.

"먼저 하세요."

박은 주저 없이 포장지를 뜯고 쉼표처럼 구부러진 포춘쿠키를 반으로 부러뜨렸다. 특유의 조악한 폰트로 인쇄된 종이를 꺼냈다.

"웬 원 도어 클로즈스, 어나더 오픈즈." 박은 한국식 억양으로 점괘를 읽은 다음 덧붙였다. "여섯 단어네. 그니까 영숙 씨가 다섯 개 이하가 나오면……."

"내가 죽는 거군요."

킴이 박의 말을 완성했다. 그녀는 천천히 포장지를 찢고 포춘쿠키를 꺼내든 다음, 조심스럽게 부러뜨렸다. 그러고 나서 잠시 머뭇거렸는데, 박은 그 순간이 너무 천천히 흐른다고 느꼈다. 갑자기 목이 탔다.

"몇 개예요?"

박이 물었다. 킴은 말없이 두 동강난 포춘쿠키를 박에게 보였다. 거기엔 아무것도 들어 있지 않았다.

"이제 어쩌죠?"

"그러게요."

그때 바다 쪽에서 큰 폭죽이 터지기 시작했다. 매일 이 시간쯤 호텔 근처에서 벌어지는 불꽃놀이였다. 완전히 어두워진 하늘 위에서 형형색색 빛 알갱이들이 수직으로, 수평으로, 원형으로 모였다 흩어지기를 반복했다. 그 모습은 마치 노랗고 빨갛고 파란 구슬들이 저마다의 구멍 속으로 흘러 들어가는 것 같았다. 자신이 원래 있어야 할, 혹은 돌아가야 할, 예정되었고 계획되었던 본향 같은 구멍으로. 박은 자신을 끌어당기고 있는 구멍은 저기 어디쯤에 있을까 하고 찾았다. 바람이 서늘하게 느껴져서 재킷 단추를 잠갔다.

마지막 폭죽이 사라졌을 때, 킴은 뭔가를 결심한 듯 일어났다. 그녀는 그때까지 손에 들고 있던 포춘쿠키를 입에 넣으며 말했다.

"안 되겠어요. 일단 저녁을 먹읍시다. 이 동네에 끝내주는 베트남 쌀국숫집이 있거든요. 진짜 베트남 사람이 주방장이라 달라도 뭐가 달라요. 어제 먹은 국수는 정말 최악이었잖아요?"

박은 천천히 일어나 탁자 위의 짐을 챙기려고 했다.

"총은 놔두고."

킴이 말했다.

"총은 놔두고."

박이 따라 말했다.

우리가 다리를 건널 때

우리가 다리를 건널 때

『릿터』 2021년 10/11월호

1

거기서 아야를 만날 거라고는 생각지 못했다.

로고가 선명한 초록색 앞치마를 두른 동양계 직원에게 아이스아메리카노를 주문하고 돌아서는 순간 누군가 포트 리 스타벅스의 유리문을 열고 들어왔고, 눈이 마주쳤는데 그게 하필 아는 사람이었다. 그때 카페에는 햇빛이 쏟아져 들어와 모든 것을 역광의 그늘 속에 가둬두고 있었다. 나는 주변 사람들을 관찰하면서 다니는 사람이 아니므로 만약 아야가 무표정하게 지나쳤다면 알아보지 못했을지도 모른다. 내가 아야를 발견했다기보다는 아야의 놀란 표정이 나를 낚아챘다고 말하는 게 더 정확했다.

"원래 퀸스에 산다고 하지 않았어?"

잠시 후 휘핑크림이 올라간 콜드브루를 들고 내 테이블에 앉은 아야는 고개를 끄덕이더니 손가락으로 머리 뒤쪽 어딘가를 가리키며 포트 리에 사는 친구 집에 하루 묵었다 가는 길이라고 했다.

"커피 한잔 마시고 학교 들어가려고 했는데."

움직이는 아야 입술에 하얀 크림이 조그맣게 묻어 있었다.

"여기서 어떻게 가려고?"

"스패니시 버스 있잖아. 다리만 건너면 지하철역이니까."

"나랑 목적지가 같네."

아야는 되물었다.

"너도 맨해튼으로 들어갈 거니?"

나는 고개를 저었다.

"아니, 다리에 갈 거야."

아야는 순간 그게 무슨 소리냐는 표정으로 나를 잠시 쳐다보았고 나는 부연 설명할 필요를 느꼈다.

"조지 워싱턴 브리지 말이야."

아야 입에서 에에, 하는 반응이 튀어나왔다. 무안하고 싶지 않아서였을까? 나는 충동적으로 말해버렸다.

"같이 갈래?"

2

확률에 관해 생각한다. 이를테면 포트 리의 카페에서 아는 사람을 만날 확률. 그것이 아야일 확률. 내가 이 시간 이곳에 오게 될 확률과 아야가 내가 오기 전이나 떠난 후에 오지 않고 정확하게 주문하고 있는 시간에 올 확률. 눈이 마주치고 서로를 알아볼 확률. 내가 다리에 가자고 말할 확률과 아야가 그것을 수락할 확률. 아야와 내가 각각 도쿄와 서울에서 태어날 확률. 30여 년 뒤 뉴욕에서 만날 확률. 하나의 다리가 지어지거나 무너질 확률. 하나의 사건이 일어날 가능성. 모든 종류의 경우의 수. 그러니까 우리는 무한에 가까운 확률을 뚫고 하나의 사건에 이르러 지금 마주 보며 함께 커피를 마시고 있다…….

아야는 딱히 친구라고 부를 만한 사람이 없는 이 도시에서 친구라는 호칭이 어울리는 한 사람이었다. 우리는 대학에서 외국어를 가르치는 같은 일을 하고 있었고(물론 그녀는 일본어, 나는 한국어), 비정규직이자 외국인노동자였으며(그놈의 파트타임 논-레지던트 에일리언), 예술가적 자의식을 어딘가에 숨긴 채 생활인처럼 꾸역꾸역 일상을 살아내는 일종의 위장 예술가(완벽하지는 않지만 절박한 카무플라주—나는 소설가, 아야는 시각예술가)라는 공통점을 지니고 있었다.

물론 이것은 아야와의 관계를 재구성하고 있는 지금의 내가 하는 말이고, 당시 우리는 초급 외국어 수업의 고충과 이상한 학생들, 끝나지 않는 학기와 비정규직 강사 노조 가입 문제, 학과 근처에 새로 생긴 젤라토 가게의 최애 메뉴 같은 것들에 대해 이런저런 이야기를 나눌 뿐이었다. 이야기의 세부들이 다 기억나지는 않지만 늘 그랬듯 아야는 벽돌처럼 너비와 높이가 동일할 것만 같은 정갈한 영어로 자신의 의견을 표현했다. 어딘가 부서지고 삐뚤빼뚤한 자갈 같은 내 영어와는 결이 달랐다.

마침내 어떤 대화인가를 그녀가 버릇처럼 덧붙이는 "곧 알게 되겠지(We'll see)"라고 끝냈을 때 나는 곧바로 말했다.

"그래, 우리는 다리를 보게 될 거야(Yes, we'll see the bridge)."

그러자 아까는 웃음으로 대답을 건너뛰었던 아야가 물었다.

"다리 얘기, 진짜야?"

"그럼."

"왜 가는데?"

"걸어서 건너 보려고."

"지나가는 게 아니라 건는다고?"

"맞아. 같이 갈래?"

"왜 그러는 건데?"

"같이 가면 말해줄게. 궁금해?"

아야는 포기한 것 같은 미소를 짓더니 창밖으로 고개를 돌렸다.

"곧 해가 지겠네."

3

미국독립전쟁 당시 보스턴 포위전을 경험한 대륙군 총사령관 조지 워싱턴은 시선을 아래로 돌려 뉴욕과 허드슨 계곡 방어에 힘을 쏟기 시작한다. 영국군이 강력한 해군력을 바탕으로 허드슨강을 장악하려 했기 때문이다. 1776년 여름 조지 워싱턴은 휴 머서 장군에게 가능한 모든 병력을 소집하여 허드슨강 서쪽에 새로운 요새를 세우라는 지시를 내리는데 그곳이 바로 아야와 내가 앉아 있는 포트 리(Fort Lee)다. 처음에는 포트 콘스티투션(Fort Constitution)이었다가 나중에 뉴욕 방어에 힘을 보탠 찰스 리 장군의 이름을 따서 포트 리가 된 이 요새는 강 건너 맨해튼섬 북쪽에 위치한 포트 워싱턴과 마주 보는 쌍둥이 요새였다. 조지 워싱턴은 강을 사이에 둔 양쪽 요새에서 대포를 쏘아 영국 해군을 제압하려 했고, 이 전략은 처음에 꽤 그럴듯해 보였다. 강에는 배를 일부러 침몰시켜 만든 장애물까지 솟아 있어 더 그랬다.

그러나 세상의 많은 일이 그렇듯 전황도 워싱턴의 뜻대로 움직이지는 않았다. 허드슨강 침투가 어려워지자 영국군은 3만 명이 넘는 병력을 움직여 뉴욕의 가장 동쪽인 롱아일랜드에 상륙, 서쪽으로 천천히 진군해 오기 시작했다. 결국 그해 11월에는 맨해튼의 포트 워싱턴마저 영국에 넘어갔고, 워싱턴은 남은 병력과 함께 강을 건너 포트 리로 대피했다. 그의 부대는 언덕 위 야영지에 오두막을 세우고 돌을 깎아 화덕을 만들었다.

강 너머로 맨해튼이 건너다보이는 포트 리의 월세 1250달러짜리 스튜디오에서 잠들거나 일어날 때면 나는 이따금 남쪽으로 퇴각을 앞두고 있던 조지 워싱턴 부대에서 피어올랐을 연기와 음식 냄새를 상상했다. 200여 년 전 같은 장소에서 잠들고 깨어났던 젊은이들에게 미래라는 단어가 어떤 느낌으로 다가왔을지를 생각하면 막막한 내 미래에 대한 걱정이나 염려 같은 건 사소하고 가벼워 보였다. 적어도 나는 한밤중에 목숨의 위협을 느끼며 군장을 싸서 남부 뉴저지로 후퇴해야 하는 처지는 아니니까.

이런 얘길 했더니 아야는 고개를 끄덕였다. 나는 덧붙였다.

"물론 나에게도 북쪽에서부터 밀고 내려오는 영국군만큼이나 무서운 게 있기는 해. 논문 데드라인."

"언제까지라고 했지?"

"이번 주 금요일."

"일주일 남았네."

"비즈니스 데이로 치면 오 일이지."

"잘돼 가?"

"대륙군과 크게 다르지 않아."

"그래도 도망가지는 마. 조지 워싱턴이 여기서 맞서 싸웠다면 어땠을까?"

"몰살됐겠지, 아마."

아야는 내 말에 씩 웃으며 짐을 챙기더니 일어나며 말했다. 후 노우즈? 나는 그녀를 따라 일어서며 아이 노우, 라고 작게 말했지만 아야는 듣지 못한 것 같았다.

4

스타벅스를 나와 길 건너 다리 입구를 찾으면서 나는 포대가 설치된 포트 리 언덕 야영지에서 황당한 표정으로 다리를 내려다보고 있을 조지 워싱턴을 상상했다. 조지 워싱턴조차 포트 리와 포트 워싱턴이 있던 자리에 150년 후 자신의 이름을 딴 거대한 철제 다리가 세워질 거라고는(그리고 두 지점이 정확히 연결될 것이라고는) 예상치 못했을 것이다. 같은 20세기 말에 각각 서울과 도쿄에서 태어난 남녀가 이제 막 그 다리를 두 다리로 걸어서 건널 예정이라는 것도.

뭔가 잘못되고 있다는 느낌을 받은 건 계단을 오르면서부터였다. 철제문을 열고 다리로 올라가는 통로를 찾았을 때 뒤돌아본 아야의 얼굴에는 황당한 표정이 떠 있었다. 아 유 시어리어스? 아야는 물었다. 늦지 않았어. 지금이라도 그만둘 수 있어. 그녀는 "유 캔 큇 애니타임"이라고 말했고 그 짧은 문장 속 '큇'이라는 단어가 나를 건드렸다. 노. 나는 대답했다. 계단을 오르면서는 반복해서 중얼거렸다. 네버. 네버. 나는 뒤늦게 생각났다는 듯이 아야에게 물었다.

"걸어서 다리를 건너 본 적 있어?"

"그럴 리가. 버스도 있고 자동차도 있는데 굳이 왜?"

아야는 아래에서 위로 소리치듯 대답했다.

"나는 있어."

"여기서?"

"아니, 한국에서."

몇 분 뒤 우리는 다리 위에 올라와 있었다. 철제문 너머로 조지 워싱턴 브리지의 어퍼 레벨이 시작되는 것이 보였다. 10월인데도 학교 마크가 그려진 후드티 속으로 땀이 흘렀다. 북쪽에서 바람이 불어와 열기를 식혀주는 동안 색색의 차들이 다리 위로 속속 진입했다.

"한국 사람들한테는 일반적인 거야? 다리를 걸어서 건너는 게?"

"그렇진 않아."

"그럼 왜 이러는 거야? 말해준다고 했잖아."

"논문 때문이야."

"논문?"

아야는 살짝 얼굴을 찡그렸다.

5

나는 성수대교에 관한 논문을 쓰고 있었다. 정확히 말하면 1994년 일어난 성수대교 붕괴 사고가 서울의 도시적 성격을 어떻게 변화시켰는지에 관한 논문이었다. 문학을 공부하러 유학까지 와서 왜 도시공학에 더 가까운 주제를 졸업 논문으로 고르게 되었는지는 나도 의문이었지만, 핑계를 대자면 아카데믹 어드바이저 때문이었다. 논문 프로포절을 상담받는 자리에서 나는 1) 카프카에 관한 주제(『성』에 나타난 카프카적 모호함과 미로의 모티프)와 2) 아시안 이민 작가에 관한 주제(하 진과 이윤 리의 작품에서 드러나는 등장인물의 아시안 정체성

비교)를 하나씩 뽑고 나서 그래도 숫자 3을 채워야 할 것 같아 구색 맞추기로 3) 성수대교 이야기를 끼워 넣었는데 하필 어드바이저는 마지막 주제가 제일 좋다고 했다. 그렇지만 전 문학 전공인데요, 하고 말끝을 흐리니까 그녀는 귀에 7개쯤 달린 피어싱을 매만지며 말했다. 뭐, 어차피 박사논문도 아니잖아?

도시공학을 전공한 핀란드계 논문 지도교수는 내가 찾아갔더니 격하게 환영했다. 성수대교 붕괴 사고는 자신도 잘 알고 있으며, 도시공학에서 많은 사람이 관심을 갖는 주제지만 한국에서 온 네가 쓴다면 새로운 시각을 만들어낼 수 있을 것 같다고도 했다. 하지만 2주 후 내가 프로포절을 발전시킨 초안을 들고 가자 그는 고개를 갸우뚱하며 말했다.

"이건 논문이 아니라 소설인데."

어떤 면에서 그의 지적은 정확했다. 나는 소설도 쓰고 있었기 때문이다. 성수대교 사고로 무학여고에 다니던 첫사랑을 잃은 주인공이 타임 슬립을 통해 사고 전날인 1994년 10월 20일로 돌아가 그녀를 구하는 이야기. 그땐 뭐가 어떻게 후진지도 모르고 그걸로 800매 넘는 장편소설을 쓰던 중이었다. 바탕이 되는 내 체험이 너무 강렬했기 때문이었다.

당시 나는 강북에서 강남으로 등하교를 하던 중학생이었고, 실제로 그날 아침 가까스로 살아남았다. 성수대교를 지

나는 버스가 아니라 동호대교를 건너는 지하철을 선택했기 때문에. 무슨 이유에선지 지하철에는 사람이 많았고, 그래서 버스를 타지 않은 것을 후회했으며, 다리를 지날 때 늘 창밖으로 보이던 성수대교는 내가 한강을 건널 때까지는 멀쩡했다. 학교에 가기 위해서는 고속터미널역에서 내려 마을버스를 타야 했는데 버스를 오래 기다렸던 건지 배가 아팠던 건지 잘 생각나지 않는 이유로 그날 나는 지각을 했고, 학교에 도착하자마자 교무실로 호출당했다. 담임은 나를 보자마자 엎드리라고 말한 다음 항상 들고 다니는 끝을 잘라낸 하키 채로 엉덩이를 다섯 번쯤 내리쳤다. 지각이 그렇게까지 잘못한 일인가, 쓰라린 엉덩이를 잡고 억울해하며 일어섰을 때 담임은 씹던 껌을 뱉듯 말했다.

"죽은 줄 알았잖아, 새끼가."

나중에 알고 보니 학교에서는 그날 아침 사고가 나자마자 반별로 강북에서 통학하는 학생들을 조사했고, 거기서 그때까지 등교하지 않은 학생들은 따로 분류해 교무실에서 자체적으로 생사 확인을 하던 중이었다. 교실로 돌아가 보니 모두 천장에 달린 뚱뚱한 CRT 텔레비전을 쳐다보고 있었다. 브라운관 속에는 다리 조각 하나가 한강 위에 뗏목처럼 떠 있었다. 아이들은 뒤늦게 등장한 나를 귀신 보듯 바라보았다. 누군가 소리쳤다. 야, 이 새끼 안 죽었네?

6

경험을 소설로 만드는 건 쉽지 않은 일이다. 경험을 논문으로 만든다는 것 역시 불가능에 가까운 일이다. 애초에 소설과 논문은 같은 영역에 있지 않지만 그래도 그 둘이 같은 차원(글쓰기)이기는 하다면 경험은 아예 다른 차원(실재)의 일이니까. 삼각형이나 사각형이 서로의 같고 다른 점을 아무리 비교 대조한다 해도 둘은 결코 정육면체를 이해할 수 없다. 나는 성수대교 붕괴 사고를 말하기 위해 그것을 가득 채우고 있는 내 주관적 경험과 감각을 객관적 사실과 역사적 자료들로 바꿔 넣어야 했고, 그러기 위해 한국전쟁, 근대화, '빨리빨리', 강북과 강남, 달동네, 조선왕조, 풍수, 왕십리와 무학대사, 한강의 기적, 박정희, 트러스구조, 대국민 사과, 교차 배정 금지, 애프터매스 같은 단어들이 필요했다. 하지만 밤이 되면 논문에 옮겨지지 못한 것들, 잔여물처럼, 아니 무너진 다리 상판처럼 내면의 강물 위를 떠다니는 무엇들이 눈에 들어왔고 나는 잠들지 못한 채 어떻게 하면 이 남은 것들로 소설을 만들 수 있을까를 고민하곤 했다. 당연히 논문은 논문대로, 소설은 소설대로 풀리지 않았다. 잘못된 짝을 만난 이인삼각을 억지로 이어가는 기분이었다. 게다가 내가 건너가야 할 다리는 저 앞에서 이미 끊어져 있다…….

논문보다 소설이 먼저 완성된 것은 그래서 어쩌면 다행스러운 일이었다. 몇 년째 비공식적으로 내 소설을 종종 봐주던 편집자이자 친구 D에게 817매짜리 초고를 보냈더니 일이 많았다며 일주일 만에 답장이 왔다. 이메일 말미에서 그는 말했다.

"근데 있잖아, 소설은 논문이 아니야. 이런 걸 누가 읽겠어?"

7

이 이야기는 아야에게 다 하지 못했다. 하고 싶은 말을 영어로 옮기는 아득함 때문이기도 했지만 그 이유만은 아니었다. 나는 성수대교 이야기와 내 논문이 그 주제를 다룬다는 사실, 관련된 소설을 쓰고 싶다는 정도에 대해서만 겨우 말했다. 물론 등에 짊어진 가방 속에 며칠 전 인쇄한 소설 초고 전체가 들어 있다는 사실도 말하지 않았다. 지나가는 자동차들의 소음이 너무 커서 우리는 목소리를 조금씩 높여야 했다.

"그 다리는 지금 어떻게 됐어?"

"그대로 있어."

"그대로 있다고? 무너졌다면서?"

"다시 지었지. 그 자리에 그대로. 더 좋아졌어. 원래 사 차선이었는데 팔 차선이 됐거든."

"말도 안 돼."

아야는 믿을 수 없다는 표정으로 고개를 저으며 말했다. 토털 난센스. 아야는 새 성수대교를 그렇게 불렀다. 그러더니 그녀는 그라운드 제로와 프리덤 타워에 대해 이야기했다. 월드 트레이드 센터 두 개가 무너진 자리를 대신하고 있는, 영원히 사면에서 물이 아래로 흘러 떨어지는 커다란 두 개의 정사각형 반사못에 관해 이야기했다. 9월 11일에 죽은 사람들의 이름이 새겨진 대형 비석과 생일이면 누군가 그 이름이 파인 자리에 꽂아두는 하얀 꽃에 대해서도 이야기했다. 그사이 트레일러 몇 대가 지나갔고 다리가 위아래로 흔들거렸다. 원래 이런 건가? 커다란 다리가 요동칠 때마다 나는 몸 안쪽에서 아드레날린이 분비되는 것을 느꼈다. 아야의 톤은 꽤 높아져 있었다.

"그날 넌 뭘 하고 있었어?"

아야가 물었을 때 머릿속에서는 별다른 노력 없이도 어떤 장면이 선명하게 재생됐다. 2001년 9월 11일 화요일 밤, 나는 군대에서 당직을 서고 있었다. 밤새 틀어놓는 당직실 텔레비전에서 월드 트레이드 센터를 들이받는 비행기를 목격

했다. 한 대, 그리고 또 한 대. 너무 비현실적인 장면이라 도통 실감이 나지 않았다. 뻔한 재난영화의 한 장면처럼 느껴졌다. 내 뒤에서 라면을 먹던 당직사관은 탁 소리가 나게 젓가락을 내려놓으며 말했다. 씨발, 이러다 전쟁 나는 거 아냐? 그 순간 나는 현실로 돌아와 다음다음 날로 예정된 휴가를 걱정하기 시작했다.

결국 휴가는 취소되었고 전쟁은 시작됐다. 그 전쟁이 이후 20년 동안 아프가니스탄에서 지루하게 이어질 거라고는 아직 아무도 알지 못하던 때였다.

"군대에 있었어."

나는 문득 그때 그 당직사관은 지금 어디서 뭘 하고 있을지를 생각해보았다. 돌이켜보니 그가 했던 말은 살아남은 사람, 아니 죽지 않을 사람만이 할 수 있는 말 같았다. 창문 속이 아니라 그림 밖의 존재. 다리를 다시 짓고, 꽃을 꽂아둘 수 있는 사람. 추모하지만 결코 영정 속으로는 들어가지 않을 사람.

"책갈피 같아, 그런 일들은."

아야가 말했다.

8

아야에게 책갈피는 2011년 3월에 끼워져 있었다. 당시 그녀는 이미 일본을 떠나 미국 시카고에서 시각예술을 전공하고 있었는데 나와 비슷하게 텔레비전으로 고국에서 일어나는 비극을 실시간으로 지켜봐야만 했다.

"학교 카페테리아에서 파스타를 먹고 있었어. 누가 CNN 뉴스를 틀어놨는데 갑자기 밑에 NHK 자막이 뜨기 시작하는 거야. 왜 일본 뉴스 화면을 받고 있지? 심장이 먼저 뛰기 시작하더니 곧 브레이킹 뉴스 표시가 나타났어. M8.4 QUAKE HITS JAPAN. 우중충한 색깔의 바다에서 하얀 물결이 끊임없이 일어나고 있었어. 그래, 쓰나미. 파스타를 감은 포크가 너무 흔들려서 순간적으로 나는 저 지진이 1만 킬로미터나 떨어진 시카고에까지 영향을 미치고 있는 건가 싶었어. 당연히 그럴 리가 없잖아? 아래를 내려다보니 나도 모르게 다리를 떨고 있는 거였어. 식탁이 흔들릴 만큼.

몇 분 안 되는 뉴스 속보가 진행되는 동안 앵커는 일본에 사는 특파원과 전화 연결을 하고 있었어. 보는 내내 나는 누가 저걸 찍고 있는지 궁금했어. 정확히는 불안했지. 쓰나미가 몰려오는 바다를 대체 누가 찍고 있는 거지? 지금처럼 드론이 쓰이기도 전인데 말이야. 헬기를 타고 누가 바다 위에 떠 있는 건가? 그렇다면 그 사람들은 안전한가? 특파원은 자신이 일본에 8년째 살고 있으며, 그동안 몇 번의 지진을 겪었지만 이번만큼 커다란 진동은 처음이었다고 말했어. 차분한 목소리에 비해 앵커는 흥분한 것처럼 들렸지. 앵커는 특파원 말을 못 알아들었는지 몇 번이나 반복해서 묻고 있었어. 그래서 당신은 거기 사는 건가요? 아니면 여행 중인가요?

어제 내가 잤던 친구네 집 있잖아. 그 친구는 나보다 늦게 미국에 왔는데 자기는 돌아갈 생각이 없대. 왜 그런지 자세히 설명해준 적은 없지만 나는 알 것 같아. 미국에 있는 사람들이 간혹 물어볼 때가 있어. 너와 네 가족은 괜찮았느냐고. 지진이 네 삶을 어떻게 바꿔놓았냐고. 글쎄, 거기 정확하게 대답할 수 있는 사람이 과연 있을까? 저기 포트 리 언덕에 사는 친구와도 지진 이야기는 깊이 나눠본 적 없어. 심지어 그 친구는 센다이 출신인데도 말야.

딱 한 번 친구가 지진 얘기를 해준 적 있어. 자기 마을에는 가장 높은 곳에 초등학교가 하나 있고, 거기 체육관이 공식 대피소래. 지진이 일어난 직후 마을 전체에 경보가 울렸는데, 주민들이 거의 다 체육관으로 집합했을 무렵에 칠십 대 할머니 한 분이 울면서 들어오더라는 거야. 사연을 들어보니 할머니는 사십 대 아들과 같이 사는데 아들이 따라오지 않겠다고 한 거야. 히키코모리라는 말 알아? 은둔형 외톨이. 아들은 히키코모리라서 20년 동안 밖에 한 번도 나가지 않은 사람이었대. 할머니가 곧 쓰나미가 몰려올 거라고, 집에 이대로 있으면 죽는다고 말했지만 듣지 않은 거지. 자긴 죽어도 상관없다고. 어머니만 가라고. 아무리 설득해도 말이 안 통하고, 그대로 있다가 같이 죽을 수는 없으니까 결국 할머니 혼자 대피소까지 올라온 거야. 마을 사람 몇몇이 지금이라도 내려가서 아들을 데려오겠다고 나섰지만 이미 너무 늦었지. 대피소 언덕 아래로 쓰나미가 보이기 시작했으니까.

다들 무겁고 숙연한 마음으로 밖을 내다보고 있었대. 그토록 잔잔했던 파도가 성난 괴물이 되어 고요했던 마을을 집어삼키는 모습을 무력하게 보고 있어야만 했겠지. 벽이 부서지고, 도로가 파괴되고, 자동차가 떠다니고, 집이 무너지는 광경. 어떤 쓰나미는 너무 강력해서 집들을 통째로 뜯어버리기도 했대. 마침내 모든 것이 지나가고 거짓말처럼 다시 고요가 찾아왔을 때 사람들은 체육관 밖으로 나갔지. 언덕 위 초등학교 운동장에는 마치 폐허를 옮겨다 놓은 것처럼 쓰나미가 밀어 올린 온갖 잔해와 쓰레기들이 쌓여 있었대. 심지어 그중에는 집도 있었다는 거야. 그리고 누군가 체육관으로 들어와서 할머니를 찾기 시작했대. 오바아산! 오바아산!

할머니가 사람들과 함께 운동장으로 나가 보니 거기엔 할머니가 살던 집이 쓰나미에 휩쓸려 도착해 있었대. 몇몇이 비스듬하게 기울어진 집에 올라가 문을 여니까 거기 아들이 있는 거야. 이불을 뒤집어쓰고, 플레이스테이션을 품에 안고, 물에 흠뻑 젖은 채로."

9

맨해튼 쪽 다리 끝에 이르렀을 때는 해가 꽤 저물어 있었다. 아야와 나는 얼마 남지 않은 다리 앞에서 잠시 몸을 돌려 우리가 떠나온 뉴저지 쪽을 바라보았다. 북쪽에서부터 허드슨강을 따라 늘어서 있는 키가 큰 나무들이 노을보다 더 노랗고 붉게 물들어 있었다. 주황색과 보라색이 섞인 하늘을 떠받들고 있는 조지 워싱턴 브리지의 철골 구조물과 그 아래 철제 케이블들은 수채화 위에 어울리지 않게 덧입혀진 동양화의 먹선처럼 보였다. 아야와 내가 이렇게 길게 이야기를 나눈 적이 있던가 생각하고 있는데 아야가 물었다.

"다리를 걸어서 건너면 논문이 해결될까?"

나는 아야를 쳐다보았고 그녀는 곧바로 두 손을 내밀며 노 오펜스, 아임 저스트 원더링이라고 답했다. 힐난하는 의미가 아니라는 건 나도 알고 있었다.

미국에 오기 전 새로 지은 성수대교를 걸어서 건넜던 날을 떠올렸다. 아마 그때도 막연히 소설을 쓰고 싶다고 생각했기 때문이었을 것이다. 현장에 가면 영감 같은 걸 얻을 수 있지 않을까 하는 기대였는지도 모르겠다. 하지만 실제로 걸어본 다리에서 내가 얻은 것은 시끄럽고 매연이 많으며 중간에 초록색 '생명의 전화'가 설치되어 있다는 사실뿐이었다. 오늘 내가 원했던 건 뭘까? 역시 영감을 얻는 것이었을까? 소설을 위해? 아니면 논문을 위해? 어젯밤 고민 끝에 준비해온 '다리에서 원래 하려고 했던 일'은 왜 하지 않나?

"한 가지 확실한 해결책은 줄 수 있지."

"뭔데?"

아야는 흥미롭다는 얼굴로 물었다.

"여기서 뛰어내리는 거."

아야는 다시 한번 에에, 하면서 얼굴을 찡그렸다.

"재미없어."

그녀가 말했다.

'가장 아름다운 어느 봄날의 일요일 아침이었다'라는 문장으로 시작하는 프란츠 카프카의 단편 「선고」에는 페테르부르크의 친구에게 약혼 사실을 알리는 사소한 문제로 아버지와 갈등하는 아들이 등장한다. 말다툼 끝에 아버지가 아들에게 하는 말은 의외다. 이로써 나는 너에게 익사형을 선고하노라! 그러자 아들은 곧장 집을 빠져나가 정신없이 강가로 내달리더니 다리 위에서 난간을 넘어 아래로 뛰어내린다. 아들의 마지막 말은 이렇다. 부모님, 저는 언제나 부모님을 사랑했어요.

카프카의 개인사와 얽혀 자전적 이야기로 읽히는 이 소설은 그러나 실제로는 카프카가 주인공처럼 다리 위에서 몸을 던지지 않았기 때문에 쓰일 수 있었다. 소설이란 그런 것일까? 몸을 던지는 장면을 보여주되 실제로는 몸을 던지지 않는? 자살(suicide)이 아닌 스스로의 사형을 집행(self-murder)하는? 이쪽도 저쪽도 아닌 오직 '다리 위에서만' 머물러야 하는? 그러다 엉뚱한 곳으로 뛰어내려 끝내 검은 물속으로 사라지고 마는?

그런 생각을 하며 나는 난간 아래를 한동안 내려다보았다. 강물은 강물의 표정대로 흘러가고 있었고, 검푸른 물결에는 내 모습이 조금도 비치지 않았다.

10

다리가 끝나는 곳과 연결된 175번가 지하철역 입구에서 아야는 머뭇거렸다.

"아무래도 돌아가야 할 것 같아."

"어디로?"

"포트 리."

나는 왜냐는 질문 대신 물었다.

"괜찮겠어?"

"응."

아야는 손을 흔들고 몇 걸음 걸어가나 싶더니 뒤돌아 거리를 둔 채 말했다.

"내 이름 있잖아, 무슨 뜻이야?"

그게 무슨 말인지 알아듣는 데는 시간이 조금 필요했다. 아야는 이어서 말했다.

"언젠가 한국에서 온 친구가 말해줬어. 한국어로 내 이름은 아프다는 뜻이라고. 맞아?"

이번에는 내가 머뭇거렸다. 아주 틀린 말은 아니었지만 농담이라 해도 그렇게 말하는 친구와는 친하게 지내고 싶지 않다는 생각이 들었다.

"음, 한국어로 네 이름은 모음의 시작이야."

잠깐의 고민 끝에 나는 지극히 한국어 강사다운 대답을 했다.

"아야 어여 오요 우유 으이. 한국어에는 모음이 이렇게 열

갠데 그 첫 두 글자와 발음이 같거든. 한국 사람들이 사는 동안 한번은 외우는 이름이지. 아무도 그걸 아프다는 뜻으로 받아들이지는 않을 거야."

그러자 아야는 희미하게 웃으며 말했다.

"아리가토."

아야는 지나가는 사람에게 뭔가를 묻더니 성큼성큼 멀어져 갔다. 길 건너에 구급차를 닮은 하얀색 스패니시 버스가 승객들을 기다리고 있었고, 잠시 후 그녀와 나 사이의 거리만큼 작아진 아야는 차에 올라탔다. 문을 잡기 위해 손을 내미는 순간 그녀의 모습은 '아'처럼 보였다.

11

확률에 관해 생각한다. 이를테면 포트 리의 카페에서 아는 사람을 만나 조지 워싱턴 브리지를 걸어서 건널 확률. 그가 다시 포트 리로 돌아갈 확률. 어떤 이름이 모음의 시작이거나 고통을 뜻하는 감탄사일 확률. 하나의 다리가 무너질 확률. 누군가 다리에서 몸을 던질 확률. 쓰나미가 덮친 마을에서 파도에 뜯긴 집이 언덕 위의 대피소 운동장에 도착할 확률. 헤어진 모자가 다시 만날 확률. 하나의 소설이 쓰일 확률. 그 소설이 완성되지 못하고 버려지거나 쓴 사람에게조차 영원히 잊힐 가능성의 수…….

성수대교는 1977년 4월에 착공하여 1979년 10월 16일에 준공되었다. 개통식에는 박정희 대통령이 참석하여 정상천 서울시장과 함께 테이프를 잘랐다. 열흘이 지난 뒤 대통령은 암살되었고 15년 후 같은 달에 다리는 무너졌다. 설계와 다르게 부실시공된, 트러스구조로 이어진 다리 상판 하나가 강 위로 떨어졌다. 32명이 죽었고 17명이 다쳤으며 피해자 중 다수가 거꾸로 추락한 16번 버스 승객들, 그중에서도 왕십리 무학여중과 여고 학생들이었다. 이후 서울시는 8차선 다리를 새로 지었고 교육청은 한강 다리를 건너 통학하지 않도록 강남북 교차 배정을 금지했다.

조지 워싱턴 브리지는 1927년 9월에 착공하여 1931년 10월 24일에 개통되었다. 다리가 다 지어진 이후에는 자살 사고가 속출했다. 최초의 의도적 자살은 다리가 개통된 지 일주일도 안 된 11월 3일에 일어났고, 2012년에는 61명이 자살을 시도했다가 18명만이 성공했다. 매년 100명에 가까운 사람들이 자살을 시도하다가 제지되기를 반복하자 2017년 소위 '점퍼'들을 막기 위한 임시 펜스가 설치되었다. 그리고 이후 임시 펜스 자리에는 11피트 높이의 영구 방벽이 만들어졌다. 만약 오늘날 카프카 소설의 주인공 게오르크가 포트 리에 살았다면 그는 이제 더 이상 다리 아래로 뛰어내릴 수 없었을 것이다. 그러나 그 이전에 태어났다면 조지 워싱턴의 부대와 함께 영국군을 피해 남부 뉴저지로 퇴각해야 했을지 모른다.

1776년 11월 20일, 뉴욕을 모두 차지한 영국군이 포트 리 북쪽 허드슨강을 건넌다. 수천 명에 이르는 적군의 도하 소식이 전해지자 조지 워싱턴은 전군에 포트 리를 포기하고 즉시 퇴각하라는 명령을 내린다. 이때 포트 리의 대륙군 진영에는 미국 독립의 정당성을 주장한 소책자 『상식』으로 잘 알려진 토머스 페인도 있었다. 벤저민 프랭클린의 도움을 받아 영국에서 신대륙으로 건너온 뒤 누구보다도 열성적인 '미국인'이 된 그는 이 후퇴 도중에 『상식』 시리즈로 이어지는 『미국의 위기』 1호에 들어갈 저 유명한 첫 문장을 쓴다.

"지금은 인간의 영혼을 시험하는 시대다."

…… 하지만 언제라고 그렇지 않겠는가?

12

스패니시 버스가 뉴저지 쪽으로 사라지자 나는 다시 혼자가 되었다.

가방에는 며칠 전 인쇄한 817매짜리 소설 초고가 들어 있었고, 원래 나는 그걸 다리 위에서 강에 던져버릴 생각이었다. 몇 가지 이유로 그러지 못했는데 첫째 아야를 만났기 때문이고, 둘째 내가 아야에게 함께 가자고 했기 때문이고, 셋째 우리가 정말로 함께 다리를 건넜기 때문이었다. 그러나 이 모든 것이 비겁한 변명이라는 것을 스스로 모를 수는 없었다. 나는 처음부터 소설을 던져버리지 않을 작정이었던 것이다. 내 무의식은 그걸 알고 있었기 때문에 적당한 핑곗거리를 찾고 있었을 뿐. 나는 카프카의 「선고」를 읽고 성수대교로 달려갔다 해도 한강에 뛰어드는 대신 '생명의 전화'에 전화를 걸었을 사람이다.

집으로 돌아가야 하는데 발걸음이 쉽게 떨어지지 않았다. 정작 스패니시 버스를 타야 할 사람은 나였는데. 지하로 내려가는 지하철 입구 앞에서 휴대전화로 쓸데없는 게시물들을 확인하다가 지도교수에게 온 이메일 알림을 봤다. 그는 내가 붙인 논문의 제목 「Collapse and Aftermath of the Seongsu Bridge」가 너무 직접적이라며 자신이 논문 속에서 발견한 표현을 제목으로 하면 어떻겠냐고 제안했다. 그가 찾아낸 표현은 'Cracks Everywhere'였다. 크랙. 좁은 틈, 갈라져 생기는 금, 찢어지는 듯한 소리. '균열은 어디에나 있다.' 나쁘지 않은 제목 같았다. 저녁 시간이 다 되었는데도

지도교수는 아직 연구실에 남아 있는 모양이었다.

나는 집으로 돌아가려던 마음을 바꾸어 지하철을 타고 학교가 있는 다운타운 쪽으로 내려가기로 했다. 논문을 마저 완성해야 했고, 가능하면 지도교수와도 만날 수 있으면 좋겠다고 생각했다. 저녁은 파스타를 먹는 게 좋겠어. 회백색의 계단을 내려가며 속으로 중얼거렸다. 소설 생각은 당분간 하지 않기로 했다. 지하로 내려갈수록 어디선가 오래된 포탄 냄새 같은 것이 났다.

어떤 선물

어떤 선물

『2020 미니픽션, 코로나와 나』(조선일보, 2020)

지하철역 근처의 약국을 발견한 것은 이사 직후였다. 집에서 역으로 가는 길 중간쯤에 있는 약국은 이면도로 안쪽으로 들어와 있어서 남들 눈에 잘 띄지 않는 위치였다. 두통약과 진통제를 달고 사는 인생인 탓에 나는 약국 위치를 눈여겨보았고, 아니나 다를까 며칠 후 머리가 아프기 시작했다.

"애드빌하고 타이레놀 있나요?"

약국에는 나이 지긋한 약사가 앉아 있었다. 그녀는 돋보기안경을 낀 채 책을 읽고 있었는데, 직업병이 발동해서인지 책에 먼저 눈길이 갔다. 나를 발견한 그녀가 책을 덮으며 못 들었다는 제스처를 했고 나는 약 이름을 다시 한번 크게 말했다. 약사가 약을 찾는 사이 나는 책 표지를 확인했다. 필립 로스의 『에브리맨』. 그러고 보니 약국 안쪽에 한 무더기 쌓인 책 기둥이 보였다.

"좋은 책 읽으시네요."

카드를 돌려받으며 내가 말했다. 그 말이 무례하게 들렸던 걸까? 약사는 나를 한 번 쳐다보더니 아무 말도 하지 않았다.

그게 올해 초 일이니 그사이 많은 일이 있었다. 코로나 팬데믹이 시작되었고 약국은 어디 할 것 없이 붐볐다. 지나다니면서 본 그 약국 창문에는 한동안 〈마스크 없음〉이라는 정갈한 손글씨가 붙어 있었다. 아마도 약사는 책 읽을 시간이 많지 않았을 것이다. 나는 약국을 지날 때마다 '노년은 전투가 아니다. 노년은 대학살이다' 같은 『에브리맨』의 문장을 되뇌며 필립 로스를 읽는 늙은 약사를 떠올렸다. 1년 동안 두통은 더 잦아졌고, 그럴 때마다 약국에 들러 말없이 약을 샀다. 이부프로펜과 아세트아미노펜을 개발한 사람들이야말로 나에겐 동방박사였다.

학기 말이 다가오면서 정신이 없어졌다. 수업마다 학생들 소설 합평이 진행 중이었고 그와 별개로 진도도 나가야 했다. 준비할 것도, 읽고 의견을 내야 할 것도 많았다. 결이 다른 텍스트 속에서 길을 잃고 있다가 퍼뜩 정신이 들면 학교에 가는 식이었다. 비대면 수업이기는 했으나 나는 학교에 가서 교실에 혼자 앉아 줌으로 화상수업을 했다. 학생들 대부분은 화면을 끄고 있으니 정확히는 수십 개의 검은 상자들을 바라보며 떠드는 시간이었다. 오늘 다뤄야 할 소설은 이번 학기의 마지막 텍스트, 폴 오스터의 「오기 렌의 크리스마스 이야기」였다.

가방을 챙겨 지하철역으로 향하다가 문득 바깥바람이 시원하다는 걸 느꼈다. 겨울이니까 당연히 찬 바람이 불겠지만 유독 서늘하고 청명한 공기였다. 계절을 감각하는 능력이 갑자기 좋아지기라도 한 걸까, 실없는 생각을 하면서 걷다가 갑자기 소름이 돋았다. 마스크를 빼먹은 거였다. 나는 길을 걸어오면서 평소보다 나를 더 쳐다보던 사람들의 눈길이 무엇을 의미했는지 뒤늦게 깨달았다. 집으로 다시 돌아가야 하나? 그러기엔 너무 멀리 왔다. 주위를 둘러보니 단골 약국이 보였다. 다행히 〈마스크 없음〉이라는 손글씨는 보이지 않았다. 소매로 입을 가리고 약국으로 뛰어 들어가 손으로 마스크를 그렸다. 조용히 앉아 있던 약사는 금세 내 손짓을 알아듣고 마스크를 꺼내주었다.

계산하려고 하니 지갑이 보이지 않았다. 주머니에 늘 넣고 다니던 휴대전화마저 없었다. 가방에 들어 있는 책이며 노트들을 약국 매대 위에 급하게 올리며 찾았지만, 역시 없었다. 그제야 식탁 위에 가지런히 3단으로 쌓아두었던 지갑-휴대전화-마스크가 생각났다. 마스크도 마스크지만 지하철도 타야 하는데. 수업 시작에 맞추려면 시간이 빠듯한데. 당황한 나머지 횡설수설하기 시작한 나에게 약사는 자신의 귀를 가리키며 엑스 자를 그어 보였다. 그러더니 빈 종이와 볼펜을 내밀었다. 나는 잠깐 망설이다가 썼다.

—죄송하지만 마스크와 현금 3000원만 빌려주세요. 저녁에 갚겠습니다.

약사는 한동안 내 글씨를 쳐다보더니 뭐가 잔뜩 들어 있는 가운 주머니에서 5000원짜리를 하나 꺼내 내밀었다. 그리고 매대 위에 올려진 폴 오스터의 책을 집어 들고는 나를 보며 고개를 까딱, 했다.

*

"「뉴욕타임스」로부터 단편 청탁을 받은 폴은 오기 렌에게 크리스마스 이야기를 삽니다. 점심 한 끼를 사 주고요. 오기는 폴에게 자기가 어떻게 크리스마스에 카메라를 훔치게 되었는지에 관해서 이야기하지요……."

책도 없이 수업을 어떻게 했는지 모르게 끝내고, 옆 교실에 있던 동료 강사에게 1만 원을 빌려 집으로 향했다. 약국에는 여전히 사람이 없었다. 들어가 보니 약사는 약을 정리하고 있었다.

"아까는 죄송했……."

말을 하려다가 나는 가방에서 노트를 꺼내 문장을 적었다.

—아까는 죄송하고 감사했습니다. 1만 원입니다.

종이를 내밀자 약사는 고개를 끄덕였다. 나는 한 번 더 적었다.

—책을 좀 돌려주시겠어요?

약사는 잠시 머뭇거리는가 싶더니 매대 아래쪽에서 묵직한 검은 비닐봉지를 내밀었다. 나는 봉지를 받아든 채 고개를 숙이는 둥 마는 둥 하고 약국을 빠져나왔다. 어두워진 거리를 걷고 있자니 자꾸 손에 든 봉지에서 달그락거리는 소리가 났다. 가로등 밑에 서서 봉지를 열자, 거기엔 아까 맡겨 둔 소설책만 들어 있는 게 아니었다. 내가 늘 사는 애드빌, 타이레놀, 그리고 KF94 마스크가 들어 있었다. 나는 뜻하지 않은 크리스마스 선물을 받은 것만 같아 마음이 찡해졌다. 마스크를 통과한 콧김이 안경을 뿌옇게 흐렸다. 감동의 메시지라도 적혀 있을까 싶어 책을 펼친 순간, 나는 「오기 렌의 크리스마스 이야기」가 실려 있는 11페이지부터 25페이지까지의 책장이 깨끗하게 잘려나가 있다는 사실을 발견했다.

해설

다리 위에 머물기

이지은(문학평론가)

확률의 세계에서

> 그러니까 우리는 무한에 가까운 확률을 뚫고 하나의 사건에 이르러 지금 마주 보며 함께 커피를 마시고 있다…….
>
> —「우리가 다리를 건널 때」, 189쪽.

죄르지 루카치(György Lukács)는 소설이란 신에게 버림받은 세계의 서사시라 했다. 서사시가 완전하고 완결된 세계와 그 일부로서의 삶을 형상화한다면, 소설은 그러한 총체성이 감추어진 시대에 자신을 알기 위해 길을 나서는 영혼의 이야기다. 이 고독한 영혼의 모험을 20세기 철학자는 '성숙한 남성의 형식'이라고 불렀다. 그렇다면 '성숙'도 '남성'도 심문하며 도달할 미래에 소설은 무엇이라 명명될까. 문지혁의 첫 번째 장편소설 『체이서』(톨, 2012)를 참조하자면, 통합세기의 소설이란 '자기 영혼을 찾기(chase) 위해 길을 나선 안드로이드의 이야기' 정도가 되지 않을까. 그러나 성숙을 넘어 진화를 하더라도 소설의 주인공이 존재의 본질을 깨닫지 못한다. 그것이 근대 인간의 운명이고 소설의 미학적 조건이다. 이따금 '인과응보'라는 오래된 룰을 집행하려는 자들이 나타나긴 하지만, 전지적시점으로 보자면 그들의 행위 또한 응당한 법칙에 따른 것이라 하기는 어렵다.(『P의 도시』, 은행나무, 2016)

신은 주사위 놀이를 하지 않는다지만, 신의 뜻을 알지 못하는 인간에게 삶은 주사위 놀이의 연속이다. 먼저 던져 나온 주사위의 눈이 다음 주사위 놀이에 영향을 미치지 않듯, 오늘 더 착하게 산다고 해서 내일 더 좋은 결과를 얻는 건 아니다. 더하여 우리는 손에 쥐어진 주사위가 몇 개의 눈을 지녔는지조차 알지 못한다. 이처럼 『우리가 다리를 건널 때』는 확률의 세계에 진입한 자들의 이야기다. 소설의 인물들은 어느 날 갑자기 가족의 상실(「다이버」, 「서재」, 「폭수」, 「아일랜드」), 살인(「애틀랜틱 엔딩」), 사고나 천재지변(「지구가 끝날 때까지 일곱 페이지」, 「우리가 다리를 건널 때」)을 경험하며 그간 삶을 지탱했던 인과율에 대한 믿음을 상실한다. 이들은 왜 하필 자신에게 불행한 일들이 일어나는지 고통스럽게 질문하고 사태를 납득하게 해줄 방정식을 구하고자 하지만, 답은 찾을 수 없다. 설령 그가 한국인 최초로 필즈상을 수상한 천재 수학자일지라도. "그런 일이 일어나지 않을 이유가 수학적으로는 어디에도 없어요. 바꿔 말하면 그런 일이 언제든 일어나도 이상하지 않다는 거지요."(「폭수」, 120쪽)

어제와 오늘, 사건과 사건, 주사위 놀이와 주사위 놀이 사이에 그 어떤 경이로운 뜻이 숨겨져 있든 매일을 살아가는 인간에게 이는 설명되지 않는 틈으로 벌어져 있다. 우리의 하루하루는 '그렇게 되었거나 되지 않았을' 확률의 누적으로 감각될 뿐이다. 그렇다면 삶의 패턴을 깨고 찾아온 불운을 마주하여 우리는 무엇을 할 수 있을까. 사건과 사건 사이의 심연을 도저히 모른 체할 수 없을 때, 삶은 어디로 향할 것인가. 미련한 인간은 답을 찾을 수 없다는 것을 알면서도 길을 나설 수밖에 없을 것이다. 그것이 인간의 운명이고 소설의 미학이니까.

사건의 수면 아래로

난감하게도 「다이버」의 남자나 「폭수」의 천재 수학자에겐 그 모험의 길이 물속으로 나 있는 듯하다. 우리의 일상이 바다의 표면 같은 것이라면, 그러니까 중력이나 조류처럼 거대한 섭리의 부산물로서 출렁거리는 파도 같은 것이라면,

세계의 운행은 신에게 맡겨두고 하루하루 밀려오는 파도에 충실하는 편이 아무래도 현명할 것이다. 그러나 어느 날 밀려온 바닷물이 파도가 아니라 해일이었다면, 그리하여 불안한 수면 위에서 애써 꾸려왔던 소중한 것들이 바다에 삼켜져버렸다면, 심해의 운동을 더 이상 모른 체하기 어려워진다. 「다이버」의 남자가 검은 바닷속으로 들어가고, 「폭수」의 수학자가 호수에 동전을 던지는 건 바로 이러한 까닭이다.

「다이버」와 「폭수」의 주인공은 모두 불의의 사고로 자식을 잃은 아버지다. 「다이버」의 딸은 여객기가 바다로 추락하는 바람에 참변을 당했다. 승객 전원 사망이라는 최악의 참사에서 남자는 딸의 시신도 찾지 못했다. 한편, 「폭수」 속 수학자의 아들은 카약을 타다 배가 뒤집혀 익사했다. 수학자 또한 아이의 시신을 찾지 못했다. 자식을 잃은 두 아버지는 모두 불행한 사건에 대해 납득하고자 하지만, 그 방법이 조금 다르다. 「다이버」의 남자가 여객기가 가라앉은 심해로 직접 뛰어들었다면, 「폭수」의 수학자는 좀 더 이론적으로 접근한다. 그런데 문제는 '하필 나에게 왜 이런 불행이 일어났는가'라는 물음에 '불행이 일어나지 않을 이유가 없다'는 답안을 얻었다는 것이다.

질문과 답안이 꼬리를 물고 순환하는 듯하지만, 수학자는 여기에 하나의 깨달음을 추가한다. 어떤 사건이 일어날 수도 그렇지 않을 수도 있는 잠재적 상태에 특정 계기가 작용했을 때 사건이 현실화된다는 것이다. 질적 도약이 생기는 특정 지점, 수학자는 그것을 특이점(singularity)이라 설명한다. 그렇다면 무엇이 이미 일어난 비극의 계기가 되었는지는 알 수 없더라도, 앞으로 일어날 어떤 사건의 계기를 만들 수 있지는 않을까. 이를 테면, 호수에 동전을 던지는 행위 같은 것. 동전이 가하는 자극이 잔잔한 호수의 물을 특이점에 도달케 한다면, 호수는 엄청난 폭발력으로 솟구쳐 오를지도 모른다(폭수(暴水), 폭발하는 물). 무심코 던진 동전이 신의 코털을 간질여 재채기를 유발한다면 말이다(폭수(暴嗽), 갑자기 생긴 기침). "뒤를 돌아보는 순간 동전이 떨어진 수면 근처에서 갑자기 펑, 하는 소리가 나더니 하얀색 물보라가 수직으로 솟아올랐다."(「폭수」, 126쪽)

「폭수」의 수학자는 아이가 호수에 빠져 죽은 후로 동전을 던지기 시작했다는데, 동전을 던지는 이유가 아이에 대한 그리움 때문인지 아니면 수학자로서의 호기심 때문인지 알 수는 없다. 또, 물의 폭발이 그에게 위로가 되었는지도 소설엔 정확히 나타나지 않는다. 「다이버」의 남자는 '가고 있어'라는 말을 남기고 바닷속으로 가라앉았는데, 그가 심해에서 사건의 본질에 닿았는지, 혹은 딸을 만나게 되었는지 역시 알 수 없다. 다만 확실한 것은 불행은 우리가 대지에 뿌리

박고 살아가는 존재가 아니라, 파도 위에서 곡예를 넘고 있는 '서퍼'라는 사실을 새삼 확인시켜 주는 사건이라는 점이다. 그것을 알게 된 이상 이들은 물속으로 자기 자신이든 동전이든 던지지 않을 수 없었다. 이렇게 본다면 신의 재채기와 같은 '폭수'는 남자에게 위로가 되었을지도 모르겠다. 떠난 아이가 당도했을 심해 어딘가의 세계를 막연하게나마 감지하게 해주었을 테니까.

혹은 그물(net)에 걸리지 않는 곳으로

앞서 두 소설이 수면에서 위태롭게 살아가는 '서퍼'의 삶을 중단하고 심해를 탐색하는 이들의 이야기라면, 「서재」와 「지구가 끝날 때까지 일곱 페이지」(이하 「일곱 페이지」로 약칭)는 소위 '정보의 바다'라는 넷의 표면을 표류하는 '서퍼'가 되는 것에 저항하는 이들의 이야기다. 두 소설은 종이책이 금지되고 모든 지식과 정보가 넷을 통해서만 유통되는 통합세기를 배경으로 하고 있다. 통합정부는 종이책이 "지식과 정보의 편향, 불균형, 독점"(「서재」, 33쪽)을 야기한다고 보고, '대서 관련 특별법'에 따라 종이책 소지자를 차별주의자로 간주하여 처벌한다. 「서재」의 아버지는 대서법 위반으로 체포되었고, 아들에게는 반체제 인사의 가족이라는 낙인을 남겼다. '나'는 일찌감치 출세욕이나 명예욕이 거세된 시니컬

한 인물로 성장하는데, 먼 훗날 아버지의 서재에서 숨겨둔 책 한 권을 발견한다. 한편, 「일곱 페이지」는 '나'가 전쟁 중에 기록한 일기 형식을 띠고 있다. 이 소설의 서술자 또한 책을 만들고 소지했던 아버지 탓에 어린 나이에 고난을 겪고 있는데, 급기야 전쟁까지 터져 지금은 화장실에서 피신 중이다. 소설의 마지막에 가서야 알려지지만, 전쟁은 종이책 수호자들이 정부를 대상으로 벌인 것이었다. 반정부 세력과 한패인 엄마는 전쟁이 나자 기다렸다는 듯 아버지가 남긴 책 『BIBLION』을 건넨다.

「서재」와 「일곱 페이지」는 각각의 독립된 소설로 읽어도 되지만, 장편소설 『비블리온』(위즈덤하우스, 2018)을 사이에 두고 읽으면 세 소설 사이에 또 다른 서사가 생긴다. 「서재」가 『비블리온』의 단편소설 버전이라면, 「일곱 페이지」는 『비블리온』의 후일담 격이다. 등장인물 간의 관계를 정리하자면, 「일곱 페이지」의 '나'는 「서재」-『비블리온』의 '나'의 딸이 된다. 이렇게 판단할 수 있는 단서는 아버지가 남긴 책 『BIBLION』인데, 이는 「서재」-『비블리온』에서 텅빈 페이지의 상태로 아버지로부터 '나'에게 전해져 '나'의 이야기를 담은 책이 되었고, 다시 「일곱 페이지」에서 '나'에게 전해져 '지구가 끝날 때까지 일곱 페이지'가 덧붙여지게 되었다. 이로써 『BIBLION』의 마지막 장에 쓰여 있던 문구 "부디 우리가 서로에게 서로의 다음 페이지가 되기를"(「일곱 페이지」, 68쪽; 『비블리온』, 278쪽)은 세 편의 소설을 연결하는 단서이자, 동시에 세 편의 소설을 통해서 달성된 소망이다.

여기서 한 가지 의문이 생기는 것은 통합정부의 주장이 꽤 설득력 있게 들린다는 점이다. 통합정부는 "우리의 미래에 필요한 것은 책이 아니라 인격이다. 옛 지성은 재로 사라지고 그 잔해 속에서 새 인격이 탄생할 것이다"(「서재」, 33쪽)라는 표어를 내걸고, 지식 편향적 매체인 책 대신 접근이 용이한 '넷'만을 허용한다. 정부가 관리하는 거대한 넷은 모든 책을 데이터화한 "유일하지만 거대하고 보이지 않지만 무한한 책"(54쪽)이다. 기실 하늘 아래 새로운 문장은 없으니, 모든 책은 이미 세상에 존재하는 문장을 직조한(textured) 텍스트(text)이다. 그렇다면 책은 그 자체로 작은 넷이니 이들을 모아 거대한 넷으로 통합하는 게 뭐가 그리 잘못이냐고 반문할 수도 있겠다. 아니, 오히려 효율적으로 느껴지기도 한다. 그러나 평등한 세계를 위한 정부의 방침은 의외로 사람들에게서 지식을 점점 멀어지게 한다. 가령, 학교교육은 "넷을 활용할 줄만 안다면 나머지는 굳이 배워야 할 필요가 없는 것들"(37쪽)이 되었고, 매일 새로운 기록은 추가되지만 "열람 수는 0"(55쪽)이다.

각각의 특성을 지닌 책이 거대한 '하나'로 통합되자 넷은 언어의 더미로 전락한 듯하다. 왜 그런 것일까. 「폭수」의 수학자의 깨달음을 빌려오자면, 하나의 책은 언어의 더미에서 특이점을 통해 다른 책과 구별되는 바로 '그 책'이 된다. 그렇다면 어떤 계기에 따라 엮이고 묶이어 의미화된 책들을 풀어 헤쳐 데이터로 되돌리는 것은 각 책의 특이점을 소거하는 것이 된다. 앞서 지적했듯 책이 태생적으로 기존의 문장들로 직조된 것이라면, 세상의 모든 책을 데이터화한 거대한 하나의 넷은 모든 책을 '모은' 것이 아니라, 책이 만들어지기 '이전'으로 되돌리는 것이다. 따라서 '거대한 하나의 책'은 개별 책들을 바로 그 책이게 했던 의미를 소거한 데이터 더미가 되는 것이다. 특히 책 각각의 특징을 발현시키는 주된 요소가 작가라는 점을 떠올린다면, 역설적으로 통합정부가 바라는 '인격'은 넷이 아니라 책에서 탄생할 수밖에 없는 셈이다.

"아버지가 이걸 남긴 이유가 뭡니까."

나는 그의 말을 자르며 말했다.

"그건 아버지가 남긴 게 아니다."

몇 번 더 기침을 하자 최박사의 목소리는 거의 쉰 것처럼 들렸다.

"그건 네 아버지야."

그가 말했다.

—「서재」, 53~54쪽.

빈 페이지의 전복성

앞서 '우리가 서로에게 서로의 다음 페이지가 되기를'이라는 문구가 비블리온 연작을 통해 달성된다고 했는데, 한 가지 더 강조하고 싶은 것은 이러한 구조가 단지 형식미에만 그치지 않는다는 점이다. 비블리온 연작에서 또 하나 중요한 점은 소설 속에서 책이 완성되고 완결된 상태로 등장하지 않는다는 점이다. 「서재」에서 '나'가 발견한 아버지의 책에는 아무것도 쓰여 있지 않았고, 「일곱 페이지」에서 '나'에게 전해진 책에도 빈 페이지가 붙어 있었다. 이는 통합정부가 주도하는 넷과는 다른 방식으로의 공통성을 확보한다. 넷이 누구에게나 열려 있지만 누구의 특성도 반영되지 않은, 곧 무색무취의 언어의 전체 집합을 지향한다면, 책은 각각의 이야기를 덧대는 방식으로 전달되며, 그 과정에서 "나이면서 동시에 당신"(「일곱 페이지」, 68쪽)이 된다. 그러니까 아버지는 "전복의 메시지가 아니라 영원한 빈칸으로"(「서재」, 57쪽) 돌아온 게 아니라, 정확히는 빈칸이기에 영원한 전복의 메시지가 될 수 있었다. 빈 페이지는 서로가 서로의 다음 페이지가 될 용적이기 때문이다.

그러고 보면 『우리가 다리를 건널 때』에는 '빈칸'이 소설의 서사를 뒤집는 경우가 종종 나타난다. 벼랑 끝에 내몰린 「애틀랜틱 엔딩」의 박이 대표적인 경우다. 그는 꽤 성공한 이민자였으나, 지금은 부하와 아내를 살해한 도망자다. 그는 과거엔 살아남기 위해 가족을 저버렸고, 사정이 좀 나아졌을 땐 남의 실패를 연료 삼아 사업을 확장했다. 사업이 번창하면서는 외도와 도박을 일삼는 속물이 되었는데, 그러다가 부하 직원과 아내에게 배신을 당하게 된 것이다. 박의 입장에서 살인을 복수라 우겨보고 싶겠지만, 그간의 행실을 보건대 먼저 배신을 한 사람은 박 자신이었다. 박은 가족과 재산만 잃은 게 아니라, 살아갈 명분도 상실한 셈이다. 이제 그에게 가능한 유일한 선택지로 죽음만이 남은 듯하다. 그러나 살기가 어렵듯 죽기도 어렵다. 더구나 인생은 주사위 던지기가 아니었던가. 주사위는 내일을 향해서만 던져지는 게 아니라, 죽음을 향해서도 던져진다. 박의 경우엔 포춘쿠키이긴 하지만.

> "웬 원 도어 클로즈스, 어나더 오픈즈." 박은 한국식 억양으로 점괘를 읽은 다음 덧붙였다. "여섯 단어네. 그니까 영숙 씨가 다섯 개 이하가 나오면……."
> "내가 죽는 거군요."

킴이 박의 말을 완성했다. 그녀는 천천히 포장지를 찢고 포춘쿠키를 꺼내든 다음, 조심스럽게 부러뜨렸다. 그러고 나서 잠시 머뭇거렸는데, 박은 그 순간이 너무 천천히 흐른다고 느꼈다. 갑자기 목이 탔다.

"몇 개예요?"

박이 물었다. 킴이 말없이 두 동강난 포춘쿠키를 박에게 보였다. 거기엔 아무것도 들어 있지 않았다.

"이제 어쩌죠?"

—「애틀랜틱 엔딩」, 183쪽.

박은 비슷한 처지의 킴과 포춘쿠키를 두고 더 짧은 문장이 나오는 쪽이 죽는 '자살 내기'를 했다. 그런데 킴의 쿠키에는 아무런 메시지가 없었고, 따라서 내기는 무효가 되었다. 그들은 이렇게 된 이상 근처 맛집에서 저녁을 먹으면서 생각해보기로 한다. 이들에겐 포춘이 없는 게 행운이 되었는데, 역시 빈칸은 영원한 전복의 메시지임이 틀림없다.

「아일랜드」의 남자 또한 인생의 마지막에 서 있는데, 그는 아이를 사고로 잃은 후 아내도 직장도 모두 떠나보냈다. 소설의 마지막에서 더 이상 잃을 게 없는 남자는 아이가 좋아했던 그림책을 읽는데, 날이 어두워져 글자가 보이지 않게 된다. 그런데 책이 어둠 속에 잠기자 검은 책은 빈 페이지가 되어 그가 바랐던 이야기들을 이어갈 수 있게 해준다. "남자는 계속해서 책장을 넘기며 읽었다. 이야기는 계속되었고, 세린은 건강하고 씩씩한 어른이 되었으며, 아내는 재혼했고 세린과 우진은 정말로 결혼을 해서 그에게는 쌍둥이 손자 손녀가 생겼다. 바다 끝이 희미하게 밝아질 때까지 남자는 읽기를 멈추지 않았다. 책장은 끝없이 넘어갔고 마지막 문장은 어디에도 없었다."(「아일랜드」, 137~138쪽)

한편, 「어떤 선물」에는 빈 페이지라기보다는 잘려나간 페이지가 등장한다. 이 소설은 단골 약사에게 크리스마스 선물을 받은 줄 알았는데, 알고 보니 약사가 책의 한 부분을 잘라갔더라는 짧은 콩트다. 그런데 약사가 잘라간 페이지가 폴 오스터의 「오기 렌의 크리스마스 이야기」라고 명시되면서 「어떤 선물」에는 몇 겹의 반전이 작동하게 된다. 「오기 렌의 크리스마스 이야기」는 소설가 폴이 크리스마스에 어느 할머니의 카메라를 훔친 오기의 이야기를 산다는 내용이다. 「어떤 선물」의 약사는 책의 일부를 훔쳐간 셈이니 오기와 닮았다고 할 수 있다. 그럼 '나'는 도둑맞은 할머니가 되나 싶지만, 「어떤 선물」이 약사(=오기 렌)에 관한 이야기라는 점, 그 이야기를 통해 하나의 소설을 완성했다는 점을 고려하면 '나'는 소설가 폴에 가까워 보이기도 한다. 그런데 다시 한 번 생각해보건대, 소설가들은 '훔친 이야기'를 훔치는 사람이라는 점에서 오기 렌과 닮은 듯도 하다. 결국 페이지가 잘려나간 덕에 이야기는 끝이 없게 되었다.

우리가 함께 다리를 건널 때

『우리가 다리를 건널 때』에는 비극을 겪고 인생이 뒤틀린 사람들이 유독 많이 보인다. 이들은 왜 하필 자신에게 이러한 일이 벌어졌는지 알지 못한다. 그래서 누군가는 낯선 곳으로 향하기도 하고, 누군가는 도망자가 되기도 한다. 그런데 삶의 방향을 가늠할 수 없는 것은 가까스로 비극에서 비껴난 사람들도 마찬가지다. 「우리가 다리를 건널 때」의 '나'는 지금 조지 워싱턴 브리지를 건너며 우연히 살아남은 자들에 관해 이야기를 나누는 중이다. '나'가 겪은 성수대교 붕괴 사고에서 시작된 이야기는 9·11 테러와 2011년 동일본 대지진을 거쳐 200년 전의 전쟁까지 이어진다. '나'의 회고 속에서 아프게 다가오는 것은 비극에서 비껴난 우리가 "죽지 않을 사람"처럼, "추모하지만 결코 영정 속으로 들어가지 않을 사람"(「우리가 다리를 건널 때」, 201쪽)처럼 살아왔다는 것이다. 그러나 확률의 세계에서 살아가는 이상 매일은 '우연히' 살아남은 하루하루일 뿐이다. 수학자의 말을 뒤집어 표현하자면, 우리는 '피할 이유가 없는 데 피한' 사람들이다.

그렇다면 확률의 세계에서 소설 쓰기란 무엇일까. 그것은 비극에서 비켜서서, 그러나 완전히 무관하지는 않은 채로, 인생이 뒤틀린 자들의 궤적을 쫓는 일이 아닐까. 뒤틀린 인생을 탐구한다고 해서 세계의 법칙을 설명할 수는 없을 테지만, 소설의 탐구는 적어도 이 세계에 '죽지 않을 사람'은 없다는 것을 보여준다. 이렇게 본다면 소설가는 '일어나거나 일어나지 않는' 경우의 수 각각에 발을 딛고, 양자 사이의 불가해한 틈을 감지하는 사람이라 할 수 있겠다. 그리고 도처에서 틈을 발견하고, 그 벌어진 틈을 빈 페이지 삼아 또 다른 경우의 수를 상상하는 사람이기도 할 것이다. 말하자면 "이쪽도 저쪽도 아닌 오직 '다리 위에서만' 머물러야 하는"(207쪽) 사람 말이다. 그러나 다시 한번 생각해보건대, 이는 소설을 쓰는 사람만의 일은 아니지 않을까. 소설을 읽는다는 건 자기 인생의 확률에 의문을 품은 채 타인의 경우의 수를 지켜보는 일이므로 소설의 독자 또한 벌어진 틈에 머무는 사람, 그러니까 다리 위를 함께 걷는 사람일 것이다.

"다리 얘기, 진짜야?"
"그럼."
"왜 가는데?"
"걸어서 건너 보려고."

"지나가는 게 아니라 걷는다고?"

"맞아. 같이 갈래?"

—「우리가 다리를 건널 때」, 190쪽.

창작 노트

1. 다이버

어릴 때부터 나는 물을 싫어했고 여섯 살 무렵에는 카톨릭계 유치원에 다녔다. 내가 기억하는 가장 인상적인 장면은 유치원에서 물놀이를 갔다가 물에 들어가기 싫어 튜브를 뒤집어쓴 채 수영장 앞에서 울었던 순간이다. 무슨 이유에선지 수녀님 한 분이 그 순간을 사진으로 찍었고, 해맑게 물속에서 웃는 다른 아이들과 달리 나는 그 굴욕적인 사진을 대형 인화본으로 받아야 했다. 어느 날 문득 그 사진이 생각나 본가에 가서 한참을 찾았지만 끝내 찾을 수 없었다. 1985년의 잃어버린 사진 한 장이 이 이야기의 절반을 만들었다.

나머지 절반은 물론 2011년 동일본 대지진과 2014년 세월호 참사에서 왔다. 길다면 길고 짧다면 짧은 시간이 지났지만, 아직도 나는 그 재난들을 어떻게 애도해야 할지 방법을 찾지 못했다. 그들을 차가운 물속에서 구해낼 수 없다면, 소설가인 내가 할 수 있는 일은 나를 닮은 인물을 그 안으로 들여보내는 것뿐이었다. 어떤 평행우주 속에서 1985년의 겁쟁이 소년은 통합세기 219년의 다이버가 될 수도 있을 테니까.

부디 그곳에서는 안녕히 계시기를. Stay in peace.

2. 서재

레이 브래드버리의 『화씨 451』 이후 종이책에 관한 디스토피아는 하나의 장르가 되어버렸지만, 나에게 「서재」라는 제목의 소설은 조금 특별한 의미를 지닌다. 1995년부터 20년 넘게 계속해서 같은 제목의 소설을 써오고 있기 때문이다. 중고등학교 시절 나는 당시 유행하던 PC통신이라는 걸 접하게 되면서 소설을 쓰기 시작했다. 특히 하이텔의 '과학소설동호회'가 주된 활동 무대였는데, 고등학교 1학년 때 거기에 발표했던 소설이 「서재」라는 제목의 첫 단편소설이었다. 당연히 조악하고 조잡한 소설이었지만, '종이책이 금지된 미래'라는 설정만큼은 그 뒤로도 나에게 계속 잊히지 않고 살아남았다.

2007년 문예창작 대학원에 들어가면서 나는 이 「서재」를 800매짜리 장편으로 새로 써서 졸업 즈음 유명 문학상에 응모했다. 운 좋게 최종심사까지 올라갔는데, 떨어지면서 심사위원들에게 들었던 평은 이랬다. "장르소설로서 흡인력과 속도감이 느껴졌지만, 이 상에 맞는 작품은 아니다." "재미있지만 공허한 이야기였다."

오기였을까? 소설가로 데뷔한 후에도 나는 이 소재를 포기하지 않았다(못했다). 같은 설정으로 완전히 다른 이야기를 쓰겠다고 결심하고 2016년 「서재」라는 이름의 세 번째 단편소설을 문예지에 발표했다. 그것이 이 소설이고, 애초에 장편을 염두에 둔 창작이었다. 이후 스무 해에 걸친 내 오랜 오기와 결심은 2018년 출간된 『비블리온』(마침내 '서재'라는 이름을 벗어났다!)이라는 장편소설로 이어졌다. 그리고 이 지긋지긋한 책 이야기가 여기서 끝나는가 싶었는데…….

3. 지구가 끝날 때까지 일곱 페이지

…… 2019년 책에 관한 앤솔로지에 초대받았을 때 나는 다시 「서재」 생각을 하고 말았다. 만약 「서재」와 『비블리

온』에서 주인공이 낳은 아이가 새로운 주인공이 된다면 어떨까? 그리고 그 주인공이 사춘기에 막 접어든 여자아이라면. 마침 딸을 키우고 있었기 때문에 책이 금지된 디스토피아 속 낯선 딸의 미래를 그려보는 일은 특별하게 느껴졌다. 아이에 눈에 비친 나를 상상하는 일은 두려우면서도 동시에 매혹적인 작업이기도 했다. 소설을 다 쓰고 나서 나는 이 아이, 민윤채의 이야기가 더 궁금하다는 (매우 위험한) 생각을 했다. 나는 종이책과 「서재」의 저주를 영원히 벗어날 수 없는 걸까? 몇 년 후 나는 '지구가 끝날 때까지 219페이지' 같은 제목으로 또 다른 장편을 쓰고 있지는 않을까?

이 예감이 빗나가길 빈다. 제발.

4. 폭수

어린 시절 우연히 만난 먼 친척뻘 아저씨가 흥미로운 이야기를 들려준 적이 있다. 그는 이민 2세로 미국에서 물리학을 전공한 박사 겸 연구원이었는데, 명절에 잠시 한국에 들어와 처가댁에 들렀다가 초등학교 고학년이던 나를 만났다. 자신과 나이가 비슷한 한국 어른 누구와도 대화를 나누기 힘들었던 그는, 난관을 극복할 자신의 대화 파트너로 언어 수준이 비슷한 나를 골랐다. 그러나 지적 수준은 비슷하지 않았던 탓에, 구석에서 어딘지 어색한 한국어로 이런저런 이야기를 나누던 그는 갑자기 유리컵을 들어올리며 '물이 폭발할 가능성'에 관해 언급했다.

—이건 언쉐든쥐, 그르니까 암때나 터질 수도 있눈 거야. 유 언더스탠?

당연히 나는 이해하지 못했지만, 이 장면이 남긴 기묘한 느낌만큼은 오랫동안 선명하게 기억했다.

몇 년 전 어느 천재 수학자의 인터뷰를 읽으며 나는 그때의 기억을 떠올렸다. 이민자인 그 역시 '물이 폭발할 가능성'과 '싱귤래러티'에 관해 말하고 있었기 때문이었다. 오래전 아저씨가 해준 이야기를 나는 30여 년의 시차를 두고서야 겨우 이해한 셈이었고, 곧장 이를 소설로 써야겠다고 생각했다. 문학이란 본래 '뒤늦게 도착한 편지'가 아니던가.

만약 가장 비과학적인 방식으로 과학적 특이점을 실험하는 사람이 존재한다면? 내키지는 않지만 그를 인터뷰해야만 하는 대학원생이 있다면? 두 가지 질문을 두고 글을 쓰기 시작하자 자연스럽게 두 사람의 윤곽이 그려졌다. 문과와 이과, 언어학과 수학, 학생과 교수, 사랑하는 사람이 존재하지 않는 사람과 사랑하는 사람을 잃어버린 사람.

결과적으로 이 소설에는 내가 좋아하는 두 가지 장르(이자 이 책을 구성하는 두 가지 장르)가 함께 들어 있다. SF와 이민자 소설. 주인공의 언어학 석사논문 주제와 관련해서는 오랜 친구인 하와이주립대 언어학과 정한별 교수의 도움을 받았다. 감사드린다.

5. 아일랜드

알투스 통합예술연구소의 '쓰는 책방 프로젝트'는 흥미로운 기획이었다. '어린이들이 직접 쓰고 그린 그림책 중 한 권을 골라 그 책으로부터 영감을 얻은 페어링 픽션(paring fiction)을 쓴다.' 나는 『해를 찾아서』라는 제목의 책을 골랐고(물론 어린이 작가의 이름은 가명이다) 책을 덮고 나서는 만약 이 책을 내 아이가 죽은 후에 발견하면 어떨까, 라는 상상을 했다. 나라면 "옛날 옛적에 물고기 모양의 섬이 바다 한가운데 있었다"는 첫 문장 때문에 정말로 물고기를 닮은 섬을 찾아 나설 거라고 생각했다. 그리고 찾아본 구글의 바다 속에는 거짓말처럼 정말로 물고기 모양의 섬이 존재했다. 크로아티아의 작은 섬 가즈(Gaz). 언젠가 그 섬에 가보고 싶다.

6. 애틀랜틱 엔딩

소설을 잘 쓰고 싶지만 마음대로 되지 않아 괴로웠던 시절에 이 소설을 썼다. 당시 내가 할 수 있는 것들을 다했다고 생각했는데 주변의 평은 호의적이지 않아 낙담했고, 결국 다 쓴 후에는 소설을 그만 써야겠다고 결심하게 했던 소설이다. 따라서 이 소설에는 여러 가지 버전이 있고, 지금 실린 버전은 그중 가장 긴 버전이다. 첫 번째 버전에서 박은 호텔 앞 대서양에 뛰어들어 죽을 때까지 헤엄을 친다. 두 번째 버전에서 박은 쏟아지는 한낮의 햇볕 속에서 권총으로 자살한다.

지금 다시 읽어보면 소설 속 박의 모습은 그 시절 내 내면과 크게 다르지 않아 보인다. 미래를 염려하지만 확신은 없고, 총은 들고 있으나 주저하거나 눈치를 본다. 이미 출간한 책들은 트렁크 속 시체처럼 거추장스럽고 냄새나는 처치곤란의 상태로 남아 있다. 이제 나는 어떻게 해야 할까? 어디로 가서 무엇을 해야 하나? 총-펜은 자살-절필의 도구일 뿐인가?

이 소설의 결말을 새로 쓰는 작업은 그래서 나에겐 일종의 화해이자 치유였다. 박으로 하여금 호텔을 벗어나 킴에게 향하게 하는 과정 속에서 나는 죽음 이외의 엔딩을 상상하게 되었고, 그것이야말로 내가 처음 계획했던(그러나 출발할 때는 알지 못했던) 진짜 '애틀랜틱 엔딩'이라는 사실을 깨달았다. 모든 여행에는 여행자가 알지 못하는 비밀한 목적지가 있는 법이니까. 인생이든 소설이든 우리에겐 각자의 엔딩이 있고, 그 엔딩은 우리가 처음 짐작했던 곳과는 전혀 다를 것이다. 박과 킴에게 "총은 놔두고" 진짜 쌀국수를 먹으러 가는 엔딩이 생겨난 것처럼, 나는 계속 "소설을 쓰기로" 결심한 엔딩에 도착했다. 그 결정은 과연 올바른 것이었을까?

아직은 잘 모르겠다.

7. 우리가 다리를 건널 때

장편소설 『초급 한국어』를 쓴 이후 나는 소설의 자전적 세계관을 넓혀 이민자 소설을 더 쓰고 싶다는 생각을 품게 되었다. 돌이켜보면 사실 나는 데뷔 전부터 경계에 선, 혹은 경계를 넘어서는 사람들에 대한 소설을 쓰고 있었다. 처음에는 '국적 없는' 소설이라는 비판을 받기도 했지만 나는 여전히 정체성과 디아스포라, 재난과 마이너리티에 관심이 있고, 사람들이 손가락질 하든 말든 '국적 없음'의 세계에서만 발견할 수 있는 무언가가 있다고 생각한다.

이 소설에서도 『초급 한국어』의 '나'와 '아야'가 등장한다. 조지 워싱턴과 프란츠 카프카, 성수대교와 9·11과 동일본 대지진도. 포트 리는 미국에서 내가 살았던 지역의 지명인데, 눈 오는 날 동네를 헤매다가 산등성이에 늘어선 포대를 발견하고 의아해했던 기억이 있다. 그것이 조지 워싱턴 부대의 흔적이라는 것을 알게 된 것은 훨씬 이후의 일이었다. 극동아시아에서 온 21세기의 유학생에게 18세기의 미국독립전쟁 유적지는 어떤 의미를 지닐 수 있는가? 사고, 재난, 전쟁은 어떻게 일어나고 또 기억되는가? 이 소설은 그런 질문에서 시작되었다. 하나의 장소 위에 서로 다른 역사, 서로 다른 사람, 서로 다른 이야기가 겹치는 것을 지켜보고 기록하는 것은 소설가의 의무이자 특권이다.

의도한 것은 아니었지만, 모아놓고 보니 이 책에 실린 여덟 편의 소설은 모두 '재난'이라는 하나의 키워드로 묶인다. 나는 재난과 재난 이후의 삶에 관해, 상처와 폐허와 트라우마에 관해, 우리가 스러지고 다시 일어선 곳에 관해, 계속해서 이야기해야 한다고 믿는다. 비록 두서없고 더듬거리고 때로는 말문이 막혀 한숨만 내뱉는다 하더라도. 이 소설 역시 그러한 더듬거림의 한 형태이자 기록일 것이다.

8. 어떤 선물

수업에서 오랫동안 폴 오스터의 단편소설 「오기 렌의 크리스마스 이야기」를 다뤄왔다. 폴 오스터는 실제로 1990년 겨울 「뉴욕타임스」 기자의 청탁으로 그해 크리스마스 특별판에 실릴 이 짧은 소설을 썼는데(그는 그전까지 단편을 쓴 적이 없다), 30년이 흐른 2020년 겨울 나에게도 비슷한 일이 일어났다. 코로나로 혼란했던 첫해를 지나는 중이었으므로 나는 코로나와 오스터라는 두 개의 점을 연결지은 이야기를 오토픽션의 형식으로 구상했다. 신문에 발표된 후 이야기 속 약국과 약사가 진짜냐는 질문을 많이 받았는데, 폴 오스터의 문장으로 대답을 대신하고자 한다. "한 사람이라도 믿어준다면 그 이야기는 진짜가 아닐 리 없다."

물론, 내 두통만은 누가 믿어주지 않아도 진짜다.

9. 후기

마지막으로, 실린 소설이 아니라 실리지 못한 소설들에 관해 말하고 싶다.

처음 이 소설집을 준비할 때는 으레 그렇듯 이제까지 발표한 소설들을 모두 모았었다. 모으고 보니 편수도 분량도 꽤 되어 마음이 든든했다. 2011년 첫 책 이후 11년 만에 묶는 소설집이니 그럴 법도 했다.

하지만 막상 소설들을 모아놓고 보니 장르와 톤이 너무 달라 어색하게 느껴지는 부분들이 생겼다. 2010년 초의 데뷔작부터 2021년 말에 발표한 최근작까지 모여 있어 생기는 일이었다. 결국 너무 낡거나 시차가 나거나 장르가 진한 소설들은 제외하기로 했다. 원고지 300매가 넘는 분량이었지만(언젠가 빛을 볼 날이 있을까?) 쓴 사람보다는 읽는 사람 쪽에서 더 좋은 그림이 무엇일지 고민했다. 무엇보다 과거에 내가 했던 작업보다는 앞으로 내가 해나갈 작업을 보여주는 책이면 좋겠다고 생각했다. 결과적으로는 2016년부터 2021년까지의 작업을 모은 셈이 되었다.

흩어져 있던 소설들을 책으로 묶는 과정에서 많은 도움을 주신 다산북스와 한나래 편집자님께 감사한다. 해설을 써주신 이지은 평론가님, 추천의 말을 써주신 김연수 작가님께도 고개 숙여 감사드린다. 사랑하는 가족, 부모님과 동생, 아내와 채윤, 그리고 얼마 전 새롭게 우리 집에 찾아온 채희에게도 말로 다할 수 없는 감사의 마음을 전한다. 책도 삶도 혼자서는 써 내려갈 수 없다는 것을 다시금 느낀다.

글을 쓴다는 것은 결국 다리를 짓고 건너는 일이라고 생각한다. 꼭 글만 그렇지는 않을 것이다. 우리는 매일의 삶 속에서 각자에게 주어진 다리를 건너고, 새 다리를 짓고, 어떤 다리를 부수며 살아간다. 누군가에게 닿기 위해, 어딘가로 가기 위해, 무엇으로부터 영원히 떠나기 위해. 여기 실린 이야기들이 어떤 이에게는 새롭게 발견한 다리가 될 수 있을까? 잘 모르겠다. 흔들리고 요동치는 다리 위에서 내가 할 수 있는 유일한 일은 매순간 다음 걸음을 내딛는 것뿐이다. 우리가 건너고 있는 이 다리가, 끝내 서로에게 닿기를 간절히 바라면서.

2022년 봄, 새벽

문지혁

추천의 말

딱히 팬데믹이라는 말을 꺼내지 않더라도 삶의 어느 시점에 이르면 인생이 재난처럼 느껴지는 때가 찾아온다. 모두에게는 아니더라도 적어도 몇몇에게는. 매일 일정 규모의 확진자가 반드시 나오는 것처럼.

"나는 항상 곡선으로만 생각하려고 한다"고 말한 건축가가 있었다. 그와 마찬가지로 나 역시 인생의 행로를 곡선으로만 생각한다. 삶의 길은 올라가다가도 다시 내려간다. 올라가던 선이 곡선으로 휘어지며 일순간 내려가는 순간, 그 인생의 주인공은 재난을 경험하게 된다. 그 이후의 삶은, 어떤 일이 한 번 일어나고 나면 다시 돌이킬 수 없다는 사실을 배워나가는 과정이다.

문지혁의 문장들은 깔끔하고 우아하다. 10여 년 전에 어느 교실에서 우리는 만난 적이 있었는데 그때부터 그의 문장은 그랬다. 차체가 튼튼해 어떤 사람이라도 태울 수 있는 자동차 같은 문장이다. 그래서 어떤 이야기들인가 싶어 먼저 읽었는데, 말했다시피 곡선의, 다이빙과도 같은 삶에 대한 것이었다. 그러나 그게 전부는 아니다. 물에 뛰어들 때는 입수 자세가 아주 중요하니까. 끝날 때까지는 끝난 게 아니니까. 그래서 마지막 순간까지도 깔끔하고 우아한, 그런 단편들이다.

-김연수(소설가)

우리가 다리를 건널 때

초판 1쇄 발행 2022년 4월 28일
초판 2쇄 발행 2022년 9월 28일

지은이 문지혁
펴낸이 김선식

경영총괄 김은영
책임편집 한나래 **디자인** 박수연
콘텐츠사업6팀장 임경섭 **콘텐츠사업6팀** 박수연, 한나래, 정다움, 임고운
편집관리팀 조세현, 백설희 **저작권팀** 한승빈, 김재원, 이슬
마케팅본부장 권장규 **마케팅3팀** 권오권, 배한진
미디어홍보본부장 정명찬 **홍보팀** 안지혜, 김민정, 오수미, 송현석
뉴미디어팀 허지호, 박지수, 임유나, 송희진, 홍수경 **디자인파트** 김은지, 이소영
재무관리팀 하미선, 윤이경, 김재경, 안혜선, 이보람 **인사총무팀** 강미숙, 김혜진, 황호준
제작관리팀 박상민, 최완규, 이지우, 김소영, 김진경, 양지환
물류관리팀 김형기, 김선진, 한유현, 민주홍, 전태환, 전태연, 양문현, 최창우

펴낸곳 다산북스 **출판등록** 2005년 12월 23일 제313-2005-00277호
주소 경기도 파주시 회동길 490
전화 02-704-1724 **팩스** 02-703-2219
이메일 dasanbooks@dasanbooks.com
홈페이지 www.dasan.group **블로그** blog.naver.com/dasan_books
용지 한솔피엔에스 **인쇄** 민언프린텍 **코팅 및 후가공** 제이오엘앤피 **제본** 국일문화사

ISBN 979-11-306-9023-0 (03810)